I domens skugga

Finn Bergstrand

Lund 2025

Finn Bergstrand

I domens skugga

En kriminalroman

Förlag: BoD · Books on Demand, Östermalmstorg 1, 114 42 Stockholm, Sverige, bod@bod.se
Tryck: Libri Plureos GmbH, Friedensallee 273, 22763 Hamburg, Tyskland

Omslagsbild: Anna Nergelius

ISBN: 978-91-8080-895-8

Av Finn Bergstrand har tidigare utkommit:

Daco 1931-1937. En svensk tjänstemannarörelse växer fram (2003)
Uträkningen (2015)
Vid vägs ände (2018)
Buss 121 från Kalmar (2020)
Bryggan (2021)
Eftertankar (2021)

Under signaturen Måns Ripa har Finn Bergstrand tidigare gett ut:

Skarvar (2008)
Till förväxling lik (2008)
Varggropen (2009)
Avsked på grått papper (2911)
Hur jag mig i världen vände (2011)
Silverbäcken (2012)
Torsåskuppen (2013)
Dimbankar (2015)
Bedrägligt sken (2016)
Hugget i sten (2017)
Skrämskott (2018)
Sånt händer inte i Torsås (2019)
Mörk höst i Torsås (2024)

Personerna

Medlemmar i en bokklubb

Carolina Svanberg, *liberal litteraturvetare, visionär, kvinnoaktivist.*
initiativtagare
Maria Edelswärd, *tidigare flygvärdinna och modell hos Dior,*
äventyrslysten
Lena Högberg, *M, lektör på Verbum, i sin ungdom attraktiv student på*
dansgolvet,
Astrid Karlsdotter, *M, stadsantikvarie, sambo med SD-politikern Håkan*
Josefsson
Ann-Sophie Larsson, *M-politiker, petad från ordförandeposten i*
kulturnämnden
Thyra Lundgren, *ogift och med psykiska problem*
Sara Sjöblom, *antikvariatsägare*
Gullevi Ståhl, *älvräddare, miljöpartist*
Eva Wendelman, *föreståndare för apoteket Svanen*

Övriga

Olga Mironova, *rysk Putinkritiker, bosatt i S:t Petersburg*
Karl-Erik Svanberg, *chef för handskriftsavdelningen på*
Universitetsbiblioteket,
gift med Carolina Svanberg, se ovan
Håkan Josefsson, *ledande SD-politiker, sambo med Astrid Karlsdotter, se*
ovan
Knut Broselius, *på rymmen*
Robert Rosén, *Knuts alias*
Elsa Cronqvist *reporter på Sydsvenskan*
Anders Holst, *poliskommissarie, mordutredare i Lund*

Ulf Kornander, *statsminister*
Henrik Hallborg *trubadur*
Johan Rosenspetz *stjärnreporter*
Olsson, *försvarsminister*
Cheferna *för Volvo och Saab*

1

Knuffen kom bakifrån, helt oväntat. Hon skulle ha fallit till golvet om inte trängseln varit så stor. Ingen verkade ha märkt något, ingen ursäktade sig, ingen tjuv trängde sig bort i mängden. Hon kontrollerade att handväskan var stängd och orörd, ingenting hade stulits. Besökarna fortsatte att beundra Malakitsalens gnistrande väggar.

Reseguiden hade varnat för ficktjuvar inne på det proppfyllda Vinterpalatset och Carolina tog nu för säkerhets skull ett fastare grepp om axelväskan, tänkte att den här gången hade turen varit på hennes sida, men också att hon kanske hade övertolkat knuffen. Hon bestämde sig för att åter förfäras över de vulgära exemplen på tsarernas konstrikedomar som sken mot henne från väggar och tak. Vem skulle vilja ha sådant i det egna hemmet? Inte ens om man fick det gratis.

En kvinna trängde sig fram.

"Hur mår du? Jag såg att du vacklade till. Kan jag hjälpa dig med något?"

Hon talade engelska men med tydlig rysk brytning.

"Nej då, ingen fara. Jag fick bara en knuff och höll på att falla. Det är bra med mig."

Kvinnan stannade kvar vid hennes sida och berättade om Malakitsalen och de föremål som där visades upp i all sin glans. Var det konst eller bara barbari? De enades om det senare.

Carolina trivdes med sällskapet. Ryskan var intelligent och beläst, en sådan som man kunde ha utbyte av. Hon hette Olga Mironova och var konsthistoriker, men för tillfället en av många guider som hjälpte turisterna inne i det enorma Vinterpalatset där man annars lätt kunde gå vilse. Viktigast och roligast för henne var ändå att besvara frågor från besökarna om konstföremålen. Hon var en mycket kunnig föreläsare.

De följdes åt genom några salar och när besöket i museet var över slog de sig ner ute i parken och tog en kopp thé tillsammans.

Carolina berättade om sig själv, om sitt intresse för litteraturhistoria och att hon disputerat på en okänd svensk skald från 1600-talet som hette Samuel Columbus.

"Släkt med den store upptäckaren av Amerika", frågade Olga.

Carolina skrattade.

"Många tror det, men nej, det går inte att bevisa. Annars hade det varit kul."

"Har man det rätta uppsåtet kan man bevisa allt", förklarade Olga med bestämdhet.

De utbytte tankar om såväl litteratur som konst samt, efter en stund, också politik.

"Du ska veta att vi akademiker hade det svårt under kommunismen, men nästan ännu värre under åren med Jeltsin. Vi kallar den tiden för "Den stora Oredan". Då rådde här både total frihet och totalt kaos. Många gillade det och somliga blev rika. Men Jeltsin är död och nu har vi varken det ena eller det andra. Dessutom har Putin dragit in oss i ett anfallskrig mot våra kusiner i Ukraina. Det gillar vi inte. Och inte ni i Sverige heller, det vet jag."

Carolina svarade försiktigt.

"Så är det, men vi är många i mina kretsar som kan skilja på Putin och vanliga hederliga ryssar. Ett land som har kunnat skapa sådana mästare i litteraturen som Tolstoy, Dostojevskij, Solsjenitsyn och Bulgakov, det måste vara ett kulturland och kunna återgå till ett sådant. Putins Ryssland borde få bli en tillfällig parentes under en kort period av mänsklighetens historia.."

"Det var snällt sagt, Carolina. Naturligtvis har du rätt. Ryssland är en oumbärlig historisk stormakt också på kulturens område. Bilden av vårt land i västvärlden är nedgraderande, inte den sanna och riktiga. Vi är många som vill ändra på den saken, men det måste ske långsamt och försiktigt så att Putin inte uppfattar oss som svikare och förrädare. Därför behöver vi förståelse och tålamod också från er sida i västvärlden."

De hade övergått till att jämföra tsarernas konstsmak med Putins när tutningar från den svenska charterbussen signalerade avfärd. Nu väntade för turisterna en båtfärd på Neva och besök i Peter Paulfästningen.

"Det blir säkert mycket intressant för dig som svenska. För 300 år sedan vimlade det av duktiga svenskar längs floden som hjälpte tsar Peter att bygga upp den här staden till Rysslands nya huvudstad. Och era entreprenörer och skickliga konsthantverkare som bosatte sig här vid förra sekelskiftet! Dom kan både vi och ni känna stolthet över. En sådan gemensam historia borde vara en fast grund för att bygga en ny vänskap mellan våra folk."

8

Carolina höll med.

"Det tycker verkligen jag också. Vi svenskar borde ägna oss mera åt det och inte bara skälla på Putin."

"Vad roligt att du tycker så. Och inte minst nu när Trump har tagit över spelet i Amerika."

Olga sänkte rösten.

"Fast glöm inte att vi bara är statister i det farliga spel som stormakterna nu ägnar sig åt. Freden är det viktigaste av allt. Inför den måste alla andra intressen vika. Låt oss hålla kontakten!"

Carolina och Olga växlade adresser. I framtiden skulle de via e-posten diskutera litteratur och andra kulturfrågor med varandra. Kanske skulle de träffas igen.

Hon kände sig upprymd under resan hem till Lund. Besöket i Ryssland hade blivit mera lyckat än hon kunnat hoppas på. Visst var St Petersburg en vacker stad och fylld med historiska minnen, för att inte tala om alla museerna. Och vädret hade varit vårligt vackert, nästan som hemma i Lund när det var som bäst och studenterna var upptagna med sina sluttentor.

Men viktigast var ändå bekantskapen med Olga Mironova. Vilken fascinerande människa! Så klok och så påläst. Hon var verkligen någon som det var värt att umgås med, få byta tankar och se saker från nya håll. Både om konst och litteratur, men också, för ovanlighetens skull, med visioner om att en ny och bättre värld var möjlig. Och Olga var inte Putinfrälst, det var viktigt!

Fortfarande glad och upprymd återvände Carolina till bostaden vid Gyllenkroks allé i Lund. Samma kväll började hon slå i uppslagsböcker och kataloger för att finna lämpliga medlemmar i den kulturcirkel som Olga föreslagit henne att bilda. Det här kunde bli början till ett nytt liv.

Hon hade genast vid hemkomsten skickat ett mail till Olga för att tala om att hon kommit tillbaka i Sverige och nu börjat fundera på lämpliga medlemmar i den krets av lokala kulturpersoner som hon tänkte samla kring sig.

Det dröjde bara en dag innan svaret kom. Till hennes förvåning innehöll det en inbjudan till henne från ett ryskt kulturinstitut att komma till S:t Petersburg och berätta om det svenska kulturlivet, tendenser och folkligt engagemang, mot bakgrund av risken för storkrig i Europa. Ett sådant måste undvikas. Olga var institutets sekreterare. Mötet skulle äga rum i mitten av juni och institutet stod för resekostnader och uppehälle.

Carolina kände ingen tvekan, utan tackade genast ja. Det här var viktigt och dessutom smickrande för henne att ha blivit inbjuden. Det antyddes dessutom att man hoppades på hennes aktiva verksamhet för att i en krets av likasinnade i Sverige främja kulturens och fredens sak. De två hörde samman.

2

Taxichauffören var tystlåten, verkade redan veta vart Carolina skulle. Utan svårigheter körde han fram genom gatorna i centrala S:t Petersburg och stannade utanför en gulmålad byggnad. Gjorde en gest med handen och Carolina hoppade ut, togs genast emot av en blond medelålders kvinna som väntade vid porten.

Hon presenterade sig som Natalia och ledde henne in i byggnaden till ett sammanträdesrum där en annan blond och medelålders kvinna med uppsatt frisyr och tråkig svart kjol väntade. Tydligen någon slags chef, tänkte hon. Kvinnan sträckte fram handen och log välkomnande och det dröjde en sekund innan Carolina fattade att det var väninnan Olga från Vinterpalatset som hon hade framför sig.

"Så roligt att du kunde komma hit, Carolina och kan titta in för lite försnack innan mötet börjar i morgon Och trots att du har din undervisning i Lund att sköta."

"Klart att jag skulle komma. Det ville jag. Svårigheter är till för att övervinnas. Stämningen i Sverige är nu sådan att man inte utan vidare kan åka till Ryssland utan att det blir prat bakom ens rygg om det politiskt lämpliga för en känd person som jag. Så det fick bli i samband med ett nordiskt seminarium i Helsingfors som jag var med på i går. Framåt natten åkte jag med tåg hit utan att det märktes."

"Jag förstår. Desto roligare att du ville acceptera vår inbjudan!" Vi betalar alla kostnaderna, precis som vid alla andra kulturutbyten. Det gör ni i Sverige också, har jag förstått.

"Din inbjudan lät så intressant", svarade Carolina. "Vi är ju båda fredsvänner och vill främja utvecklingen, inte bara sitta och oja oss över krig och elände. Om världen ska räddas är det vi kvinnor som kan göra det, inte männen. Du tycker ju som jag".

"Jo vi har haft en bra mejlväxling om det och jag vet var du står", svarade Olga.

De slog sig ner i en soffgrupp och Natalia kom fram med thé och kakor.

Efter en stunds samtal om hur resan med tåget från Helsingfors hade varit blev det en kort paus innan Olga började sin berättelse om varför just Carolina hade blivit inbjuden att enskilt besöka S:t Petersburg. Nu gällde det freden. Konst och litteratur fick komma i andra hand.

"Vi är en grupp ryska kvinnor som inte gillar Putins hårda metoder, senast nu mot Ukraina. Vi vill återföra ukrainarna till det ryska moderlandet, men det måste ske med goda argument och inte med bomber och granater. Även våra egna stridande män har uppträtt olämpligt, minst sagt. Vi håller på att förlora vår ryska själ, och det verkar vår ledare inte förstå."

En rysk tredjeståndpunktare, tänkte Carolina. Det lät bra.

"Vi tycker oss se att detsamma håller på att ske också i ditt land, Sverige. En hård reaktionär regering har tagit makten och rustar för att på kommando från USA och Nato anfalla och förgöra oss. Det fredliga Sverige håller på att ändra karaktär men det får inte ske. Efter det andra världskriget var vi ju de bästa vänner och kämpade mot den kapitalistiska världens inblandning i våra staters fredliga politik. Vi måste alla återkomma till det gamla mottot om fred och samförstånd. "Mir i druzhba". Annars går världen under."

Carolina höll med.

"Det är så sant det du säger, Olga. Här duger det inte att bara vara förskräckt och rysa över världens tillstånd. Handling är nödvändig, men hur?"

"Jag är så glad att vi tycker lika", svarade Olga "och det är därför som du har inbjudits hit. Vi är en grupp ryska intellektuella kvinnor, radikala pensionärer allihopa, som vill påverka både vår egen och världens regeringar, få dem att avstå från våld och i stället söka samförstånd. Vi har beslutat börja våra externa aktioner med våra närmaste grannländer, de som nu rustar mot oss och vill svara våld med våld, Sverige, Finland och Balticum. Men våldets väg är inte den rätta.

I hemlighet inne i vårt eget land har vi redan bildat övertalnings-grupper mot regimen, och som du förstår består många i vår grupp av mödrar som förlorat sina barn i kriget. Fler lär det bli. Många av männen tycker också som vi, men de vågar inte delta i våra aktioner av risk för korrektionsåtgärder från ledningens sida, fängelse för vapenvägran. Vi för vår del måste också vara försiktiga."

Det lät klokt och Carolina uttryckte sin förståelse för deras situation.

"Vi vill uppmuntra bildandet av sådana här grupper också i ditt land", fortsatte Olga. "Blir vi tillräckligt många kan vår fredssträvan få god effekt."

Olga var klar med sin genomgång av skälen till deras möte och Carolina kommenterade.

"Jag delar din uppfattning, Olga. Men vad kan jag göra för att bidra med något positivt hemma i Sverige? Är en kulturcirkel det rätta svaret? Eller vill du att vi sätter igång med en folkresning mot krig och för fred. Går ut på gator och torg och skriker ut vår uppfattning."

"Ja varför inte", svarade Olga och de skrattade vid tanken.

Det blev ett långt samtal om på vad sätt enskilda kunde förändra världen även när det rådde motvind från de styrande regimernas sida. De enades till slut.

"Jag förstår", sade Carolina. "Jag ska börja med en bokklubb och sedan utveckla den till en kulturcirkel. Bokklubbar finns det fullt av i Sverige, inte bara hemma i Lund men kulturcirklar är nog mera sällsynta. Det finns i alla fall många intellektuella som kan påverkas och föra budskapet vidare. Som ringarna på vattnet. Tyst och stilla. Och fredligt. En naturlig opinionsyttring ska växa fram och skapa en sinnesändring som förändrar världen. Så tänker jag efter allt som du har berättat för mig."

"Precis", svarade Olga. "Men välj sällskapet med omsorg. Akta dig för bråkmakare som vill ta kommandot, särskilt karlarna!"

"Det förstår jag", svarade Carolina. "Men jag har bra kontakter med kvinnliga ledare för kulturinstitutioner i alla universitetsstäderna, också i de andra nordiska länderna. Vill du att jag ska kontakta någon av dem?"

Olga blev bekymrad.

"Nej, gör inte det, där har jag själv redan hittat flera bra namn och några är redan i verksamhet."

"Det förstår jag, men kanske kan du ändå ge mig deras mejladresser så kan vi rådfråga varandra och byta idéer utan att öppet ingå i samma organisation. Somliga är män och ingår redan i kvinnorörelsen."

"Det skulle nog inte bli så bra", svarade Olga. "Vi ska akta oss för sammanknutna organisationer för då uppstår det ofta gnissel och konkurrens. Små grupper ovetande om varandra är mycket bättre och om någon rådgivning behövs så har du och de andra alltid möjligheten att kontakta mig direkt. Annars blir det lätt uppmärksamhet i media och det väcker motkrafter till liv, skvaller inte minst. Många män är till naturen misstänksamma och anar kvinnliga konspirationer överallt. De agerar ofta fientligt och utan anledning för att slå ner sin egen rädsla när vi har tagit oss makt.

Mitt råd är att du håller gränsen, undviker männen och bara tar med kvinnor i din grupp. Tids nog har vi vunnit en sådan styrka att vi inte längre behöver tona ner våra aktiviteter inför deras blickar."

"Jo det har du nog rätt i."

De kom överens om att äta middag på kvällen efter ett teaterbesök för en utvald publik.

"Det skulle vara trevligt", sade Carolina, "men jag vill vara utvilad till mötet med de andra i morgon."

"Mötet är tyvärr inställt", svarade Olga. "Vi har inte fått tillstånd av polisen, ja du förstår. Sådant är klimatet här under Putin. Alla sammankomster med över tio personer måste nu få medgivande från myndigheterna, särskilt när det finns deltagare från andra länder. Dekretet kom häromdagen och jag fick inte tag i dig."

Carolina tyckte det lät spännande.

"Så det är min närvaro som vållar sådan oro?"

"Ja, det kan vara så. Ukrainakriget har gjort våra säkerhetsorgan extra försiktiga. Nu har du och jag diskuterat igenom allt det som skulle ha tagits upp vid mötet i morgon, så för din del missar du ingenting, tvärtom. Och så har vi lärt känna varandra bättre. Framför allt förstår du nu bättre hur vi i Institutets ledning tänker. Mycket bättre än om du hade suttit i en stor sal med många andra."

De åt en god middag på en trevlig restaurang och undvek att tala vidare om Olgas förslag. Kanske var de avlyssnade, tänkte Carolina.

På väg med taxin till hotellet fick hon en sista förmaning från Olga.

"Glöm inte att många kvinnor gillar att tillhöra slutna sällskap men samtidigt vill de gärna skryta om det för utomstående!"

"Var inte orolig, Olga! Det finns sådana också i Lund. Jag ska inte släppa kontrollen."

Försedd med ett förslag till aktionsplan för hennes lundensiska kulturcirkel och full av entusiasm för projektet tog Carolina nästa dag avsked av sin väninna."

3

Skissernas Museum var en känd plats i Lund. Den låg centralt i UB-parken, nära både Universitetsbiblioteket och de språk- och litteraturinriktade institutionerna i SOL-huset. En skicklig krögare hade på "Skissernas" skapat en restaurang av hög klass men med låga priser. I juni var det fortfarande högsäsong.

Dit sökte sig vid lunchtid delar av den humanistiska eliten vid universitetet. Till stamkunderna hörde därför också de två bokintresserade pensionärerna Lena Högberg och Ann-Sophie Larsson. De var båda konservativa i politiken, Lena som kyrkofullmäktig för Moderaterna, Ann-Sophie Larsson som moderat kulturnämnds-ordförande men hon hade nyligen avgått från den posten efter ett internt gräl i den moderata lokalföreningen. Deras vänskap hade hållit för påfrestningen.

De hade lyckats få ett bord i en hörna där det gick att prata fritt utan att någon tjuvlyssnade. Efter det inledande skvallret om det bekymmersamma läget inom deras parti kom frågan från Ann-Sophie .

"Du känner väl Carolina Svanberg? Duktig litteraturvetare och enveten liberal."

Lena nickade avvaktande och Ann-Sophie fortsatte.

"Jo jag har fått en inbjudan från henne om att gå med i en nybildad litteraturklubb för äldre intellektuella kvinnor. Det ska bli ett begränsat antal deltagare, bara nio stycken. Ett första möte ska äga rum hemma hos henne på Gyllenkroks allé den 20 juli. Det är förstås mitt i sommaren, men då är det fridfullt i stan och man kan få något gjort."

Lena höll med. Sommaren i Lund var en välsignad tid.

"För mig är det hedrande att bli inbjuden. Carolina är ju känd från litteraturdebatter både här i Lund och i TV. Jag har inte haft något med henne att göra direkt och ändå är jag nu bjuden hem till henne. Kanske vill hon trösta mig och ge mig stöd mot mina kritiska partikamrater. Föga troligt. Har jag något att bidra med i hennes fina värld? Inte helt omöjligt. Så vad tycker du, ska jag tacka ja?"

"Lustigt sammanträffande. Också jag har fått en inbjudan från henne om ett bokmöte i hennes bostad den 20 juli. Det verkar lite förmätet att hon vill kalla gruppen "De Nio" efter högt föredöme från sällskapet i

Stockholm. Deras grupp är väl nu över hundra år gammal och märks inte så mycket, men fortfarande vid liv. Folk kommer att göra narr av henne och kanske också oss ifall vi deltar."

Ann-Sophie var av annan mening.

"Man får inte vara blyg om man vill nå nånstans. Vi kvinnor får inte vara så förbaskat rädda för de stora perspektiven, särskilt inte om det gäller att lyssna på en så känd person som Carolina Svanberg. Vill hon skapa ett lundensiskt sällskap med lika höga ambitioner som De Nio så är det bra, ingenting att förfäras över. Lund kan minst lika bra som Stockholm."

Lena Högberg log tveksamt.

"Carolina svävar i höjderna. Lund förblir en bondby och hon aspirerar säkert på någon hög post i Stockholm. Sambandet med De Nio ska ge henne en extra merit och vi ska vara statister."

Ann-Sophie höll inte med.

"Hon har redan ett tydligt kändisskap och behöver inte klättra högre upp på stegen. Det vill vi alla så man ska inte tacka nej till sådana inbjudningar. Om jag tackar ja kan du väl göra detsamma. Kommer man in i en främmande krets kan det vara skönt om man har stöd av åtminstone en bekant i samlingen."

Lena ändrade sig.

"Okey. För din skull. Då säger jag ja också. Det ska bli intressant att träffa den där Carolina. Jag har googlat på henne. Hon är disputerad och har varit litteraturprofessor i Köpenhamn i många år och tidigare dessutom svenskt kulturråd i Paris. Förra året fick hon en fin medalj av kungen. Och Sydsvenskan har tippat henne som nästa medlem av Svenska akademien. En inbjudan från henne är svår att avvisa för oss enkla människor. Det här ska bli spännande!"

Lena blev ivrig. Hon hade kommit på något.

"Ändå är det något konstigt med henne."

"Vad skulle det vara?"

"Jo hon har aldrig haft någon akademisk tjänst i Sverige, varken här i Lund eller vid något av de andra universiteten i Sverige. Bara i Köpenhamn, och det är ju inte helt fel. Men det måste finnas någon orsak. Kanske sitter det nånstans en gammal sur professor eller akademiledamot som stoppar henne. Eller någon som av andra skäl anser att hon är olämplig.

Jag kommer ihåg en intervju med henne i TV. Det var något om svenskarnas kristnande. Var det med våld eller skedde övergången till kristendomen godvilligt? Hon uppträdde då mycket självsäkert, ja man kan säga ampert, när motsidan hävdade att övergången skett med grymt våld och alls inte, som Carolina ansåg, med mjuk övertalning från de dåtida hövdingarnas sida och med stöd från deras kvinnor."

"Jag har inget emot henne", svarade Ann-Sophie. "Dessutom har hon en man som har blivit lite dammig med åren. Jag gillar honom. Han är sedan länge ansvarig för UB:s handskriftsavdelning, somliga tycker alltför länge. En kuf, men en trevlig och bildad sådan. Inte så ovanligt i Lund, förstås. Jag har flera gånger haft ärende till honom. Det gällde gamla brev från van Gogh och hur hans öra kan ha sett ut innan han tog fram kniven och skar av det. Men varför? Fanns där någon medfödd defekt? Breven innehåller kanske exakta uppgifter om storleken. Det lär ha varit väldigt stort. Örat alltså. Ett konsthistoriskt problem? Kanske."

"Såna morbida intressen du har", tyckte Lena. "Du får nog ändra stil om du vill bli omtyckt av Carolina Svanberg."

"Jag ska fundera på saken", skrattade Ann-Sophie. Jag är beredd att kompromissa och jag har lätt för att glömma oförrätter. Det kostar mig ingenting. Och under livets gång har jag haft tillräckligt många möten med urtråkigt folk som jag aldrig trodde att jag skulle bli intresserad av. Och så visade det sig att jag hade fel."

"Så kan det vara", svarade Lena. "Men du står ut med mig i alla fall. Det är fredag i nästa vecka som Carolina vill träffa oss. Vi går väl dit tillsammans?"

"Absolut."

4

Den utsatta julikvällen träffades Lena och Ann-Sophie utanför porten till Carolina Svanbergs bostad vid Gyllenkroks allé. Andra kvinnor med samma ärende dök snart upp och var i flera fall kända av dem. De samtalade med varandra en kort stund innan en knäpp i porttelefonen och en djup kvinnoröst förklarade att de var välkomna att komma in och ta sig fyra trappor upp. För de svaga och skröpliga fanns det en hiss, men den var lite långsam och eftertänksam. Upplysningen följdes av en lättnadens suck från de artros- och fallskadedrabbade. De var ett par stycken.

Så småningom var alla samlade i en rymlig våning högst upp och de inbjöds titta in i alla rummen. Carolina bodde snyggt men sparsmakat. Från fönstren västerut kunde de se ut över Stadsparken och i fjärran söderut gick det att med lite fantasi skymta Öresundsbron.

Efter husesynen hade de slagit sig ner vid det stora middagsbordet och värdinnan hälsade välkommen.

"Låt oss först ta en liten presentationsrunda. Vem jag är har ni nog tagit reda på, om ni inte redan visste det. Vi tar vänstervarvet från mig."

Lena Högberg blev överraskad av uppmaningen och ryckte till men berättade sedan om sitt lektörsarbete på Verbum, ett grannlaga arbete på grund av konkurrensen från oseriösa förlag som ville slå mynt av den nya stora vågen av förhoppningsfulla författare.

Hennes granne Ann-Sophie fyllde på om sin modeaffär vid Stortorget och bråket inom Moderaterna. Var allting kultur och därmed berättigat till stöd också från kommunens sida? Hon tyckte inte det och därför hade hon tvingats lämna sin ordförandepost i kulturnämnden.

Maria Edelswärd avslöjade pikanta detaljer från sitt liv som modell hos Dior i Paris och därefter, i medelåldern, som flygvärdinna på SAS. "Those were the days, men livet är inte slut än", sade hon med en blinkning mot värdinnan. "Om ni bara visste vad jag varit med om ute i stora stygga världen. Flera gånger har jag blivit våldtagen och en gång var det mot min vilja."

Det blev en förvånad tystnad som bröts av värdinnan.

"Den där historien är gammal, den hörde jag redan på 70-talet."

Maria fnittrade förtjust.

"Den kan vara sann ändå. Det glada 70-talet var härligt, det vill jag inte ha varit utan. Inte heller 60-talet, fast då var jag nog för ung." "Nu ska vi inte stanna i de gamla minnena utan gå vidare med presentationerna."

En lång svarthårig kvinna presenterade sig som Sara Sjöblom, aktiv vänsterpartist, särskilt engagerad i flyktingärenden eftersom hennes mans familj flydde från Pinochet regimen i Chile 1973. De hade fått ett lyckligt liv i Sverige och älskade Olof Palme. "Nu under Palestinakonflikten måste rasismen i det nuvarande svenska samhället med alla medel bekämpas." avslutade hon "Men bara med de lagliga, hoppas jag", svarade värdinnan vänligt men fick inget svar.

Näst i tur hette Gullevi Ståhl. Hon presenterade sig som älvräddare och tillhörde Fältbiologerna där hennes sambo var den kände miljöaktivisten Sixten Karlsson.

"Jag blev omvänd redan på 60-talet då kampen gällde om Vindelälven skulle räddas. Vi kallades för vindelälvor. Och vi lyckades!"

"Älvräddare är vi väl alla", muttrade Astrid Karlsdotter när det därefter blev hennes tur.

"Jag är dessutom stadsarkivarie här i Lund och vill att det mesta ska bevaras men också utvecklas. Min man är pensionerad busschaufför, heter Håkan Josefsson och är tyvärr politiskt långt ut till höger. Ja, ni vet. Men vi har ett bra liv tillsammans ändå. Han är rätt snäll, vad ni än tror, och för honom går vårt eget lands trygghet och säkerhet före allt annat."

"Jaha, att ens man är snäll, det får vi väl alla hoppas", sade Eva Wendelman. "Jag är apotekare på Svanen, ett fantastiskt väl bevarat apotek som jag hoppas aldrig ska bli ett museum utan leva vidare så som det var tänkt. Köp er medicin där så gör ni en dubbelt god gärning. Dessutom är jag sosse med många uppdrag bland annat som nämndeman. Utöver böcker och mediciner är jag också intresserad i flyktingfrågan och det är min sambo från Venezuela som har stärkt det intresset. Han heter Antonio Garcia och skriver ibland i Sydsvenskan, det har ni säkert sett."

"Visst har vi det", svarade Carolina falskt. "Nu har vi bara dig kvar". fortsatte hon och tittade på sin bordsgranne till höger.

"Jag heter Thyra Lundgren och har i många år varit lektor i Nordiska språk. Nu är jag pensionär. Jag älskade alla mina elever och nu älskar jag alla barn, eftersom jag själv inga egna har. Dessutom är jag ogift och

Kristdemokrat, om man nu ska behöva sätta etikett på en hederlig människa. Jag värnar om de små i samhället och tänker varje dag på hur de får lida i den hemska värld som vi nu lever i."

"Tack ska du ha, Thyra", svarade värdinnan. "Jag har en brorsdotter som läste Nordiska språk för dig och hon har talat mycket positivt om dig. Hur du hjälpte till när det blev kris med professorn och studenterna behövde tröst."

Thyra mötte öppet alla nyfikna ögon som vändes mot henne.

"Tack för dom orden Carolina! Man gör så gott man kan, vad som än må hända. Alla borde göra likadant vilket arbete de än har, i varje fall borde de försöka."

"Det får man hoppas", svarade värdinnan. "Det är därför vi nu har träffats. Ni undrar förstås vad det här är för slags tillställning, vad det är som avses. Nu ska jag förklara tänket bakom min inbjudan. Så här är det.

Vi är alla bokintresserade och huvudsaken i vår krets är att vi ska läsa böcker och diskutera dem oss emellan med den kunskap vi redan har i kulturella frågor. Ungefär som en vanlig bokklubb. Och för vår egen uppbyggelse. Men det finns många bokklubbar runt omkring i landet och jag har tänkt mig lite mera än så för vår del.

Vi ska inte bara diskutera de litterära kvaliteterna utan också jämföra böckernas beskrivna eller fantiserade verklighet med den värld vi nu ser och den utveckling som verkar ske där ute och som ingen av oss vill ha. Krig eller fred, barbari eller civilisation. Om vi enskilda individer förenar oss så kan vi kanske hjälpa till att vrida utvecklingen åt rätt håll. Lite grann av genusperspektiv hade jag tänkt att vi också skulle koppla till dessa jämförelser. Absolut inga partipolitiska tvister och skuldbeläggning, men diskussioner för att vidga våra vyer och kanske sprida dem till andra. Det får förstås bli senare, om vi känner för det.

Vi skulle kunna bli en inspirationskälla för andra, att få folk att tänka också obekväma tankar, inte som nu bara tidningarnas schabloner. Vi behöver få inflytande, men diskret. Ungefär som Wallenbergarnas "Vara men inte synas."

Carolina tittade sig omkring.

"Är ni med på det här upplägget? Ingen ska behöva finna sig obekväm med detta. Ingen är oersättlig."

Eva Wendelman, som var van vid föreningslivet, uttryckte genast sin förtjusning över Carolinas initiativ.

"Det där gillar jag spontant. Både självutbildning och ett uppmärksamt öga ut mot världen.

Från de andra kom också positiva svar. Ingen ville ställa sig utanför.

Anne-Sophie Larsson, den tidigare ordföranden i kulturnämnden, var också positiv men önskade att gruppen även skulle diskutera konst, inte bara böcker.

"Hur upplevde de gamla konstnärerna det liv som de var en del av och hur var det egentligen i verkligheten runt omkring dem. Vilken var deras vision, för inte satt de väl och bara målade och skrev utan högre ambitioner?"

"Bra uppslag". svarade Carolina. "Målarkonsten då och nu, dikt och verklighet. Men kanske lite väl akademiskt. Vi får inte ta oss vatten över huvudet utan ta det lite senare. Nu måste vi i första hand inrikta oss på vad folk i allmänhet kan ta till sig. Det får inte bli någon elitiststämpel på oss."

Hon gjorde ett uppehåll och tänkte sig för. Skulle hon våga gå vidare redan nu med sina avsikter. Olga hade ju rått henne att skynda långsamt. Hon bestämde sig. Frestelsen var för stor.

"Att stänga sig inne och bara diskutera litteratur är oförsvarligt i den värld som vi nu ser falla ihop framför våra ögon. Krig, klimat och kriminalitet i allt annat än skön förening. Den nye presidenten i USA är bara ett exempel. Vår civilisation är hotad, och då tänker jag inte bara på den svenska. Jorden måste räddas. Vi nio kvinnor representerar en kulturelit även om vi inte vill stoltsera med det och vi kan inte bara sitta passiva vid åsynen av allt det som händer rakt framför våra ögon. Vi måste göra något! Männen har visat sig odugliga att leda oss. Nu måste vi själva ta makten och leda världen tillbaka till den harmoni som den i vår tid har förlorat. Riva murarna mellan nationerna och folken. Detta borde vara ett övergripande mål för alla och något som de vanliga feministerna verkar ha missat."

Carolina tittade sig omkring. Överallt intresserade ansikten. Hos somliga lyste ögonen av entusiasm. Hennes bedömning hade varit den rätta, trots att ingen av gästerna vågade bryta tystnaden. Hon fortsatte.

"Kära systrar, det finns hopp. Det måste finnas hopp, annars går vi alla under.

En kvinnlig världsorganisation håller på att tyst och stilla byggas upp och den breder nu ut sig över alla jordens länder. Ingen talar eller skriver om den, men den finns, det kan jag försäkra er eftersom jag nyligen fått kontakt med en i deras ledning.

21

Ni kommer kanske ihåg Moralisk Upprustning som var verksam under åren efter kriget. Den var starkt konservativ och leddes av enbart män som offentligt och aggressivt argumenterade för sin sak. Så vill inte vi ha det. Vad som stort sker, det måste ske tyst.

Överallt i världen pågår nu en mjuk feminin insats där män tvingas lämna sina maktpositioner till förmån för kvinnor. När den utvecklingen har fått fortsätta och nått stor utbredning kommer det manskulturella samhället att falla samman och tas över av väl förberedda kvinnor. En ny och bättre värld kommer att födas ur det gamla förfallet. Fred kommer att råda när mjuk men bestämd kvinnlighet leder länderna.

Vi är där inte ännu så låt oss inte redan nu skrämma männen till motstånd. I stället ska vi tyst och fast rusta oss inför den dag som måste komma. Först då ska vår existens bli uppenbarad."

Carolina konstaterade belåtet att hennes lilla tal hade gett avsedd effekt. Någon tog upp en applåd och ett intensivt samtal började med frågor till värdinnan men hon nöjde sig med undvikande svar. "Jag återkommer till den saken vid nästa möte."

*

När gästerna gått satte hon sig vid datorn och formulerade en försiktigt formulerad rapport till Olga som returnerade med att berömma henne för ett lyckat möte.

"Men pressa inte på för snabbt", hade Olga svarat. "God kultur och läsintresse kommer inte plötsligt utan måste få långsamt tränga fram. En god bok är som en god middag, du måste låta innehållet avnjutas i doser. Samma sak med inflytandet över dina kvinnor. Inte allt på en gång. Och det måste gå lite tid mellan middagarna, annars blir det rutin."

Carolina tog emot råden och beslöt slopa det tänkta augustimötet. Det fick bli till hösten. Hon måste lära sig att dämpa ner sin entusiasm inför ett nytt projekt. Den otåligheten hade stoppat henne inför en tänkbar professur tidigare i livet.

Hon mindes besöket vid en litteraturkonferens i Nairobi där man ute i det heta solskenet visade en utställning av afrikansk konst. Alla var inte lika förtjusta och förfriskningar väntade. Men de livades till fortsatta strapatser av högtalarrösten "Hurry up! Hurry up! But slowly. slowly.". Hon skrattade vid minnet.

5

Karl-Erik Svanberg var upprörd. Ett e-postmeddelande på morgonen från hustrun hade påmint honom om dambjudningen i kväll. Dit var han inte välkommen utan kunde väl söka sig till en lokal på stan med god mat. Bjudningen hade han glömt av eller snarare förträngt. Redan tidigt på morgonen hade han känt doften av fisk i köket och anat sig till vad som förestod, men inte så snart. En gång är ingen gång, men nu radade upp sig en serie möten i det egna hemmet dit han inte skulle vara välkommen. Varför denna aktivitet från hustruns sida? En förändringens vind blåste nu bort det han gillade vid sidan om sitt arbete, stillheten. Han började fundera.

Inget långvarigt bråk eller någon svårlöst konflikt i äktenskapet kunde förklara Carolinas beslut i våras att förlägga alla de fortsatta mötena i hennes nybildade litteraturcirkel till just deras sällskapsrum, låt vara att detta var ganska väl tilltaget och sällan använt. Andra deltagare hade säkert egna och större hobbyrum i sina källare. Det fanns därför inget rimligt motiv för hennes befängda tilltag att varje gång göra just deras våning till en samlingslokal för pratglada fruntimmer.

Hon påstod att hon redan för länge sedan påmint honom om detta första riktiga cirkelmöte och att han då inte hade protesterat. Det kom han inte ihåg. Däremot att han framhållit betydelsen av att inte störa hemmiljön."My home is my castle".

"Struntprat", hade hon sagt. "Du trivs ändå bäst borta på UB eller på någon av krogarna i närheten, det har jag för länge sedan accepterat. För övrigt rymmer vår salong lätt alla cirkelmedlemmarna, särskilt nu när våra barn är utflugna. Och förresten så fick du en påminnelse om mötet redan i augusti när jag skulle skicka ut cirkelns höstprogram. Försök inte med mig!"

Han protesterade.

"Det har du aldrig sagt, i varje fall inte vilken dag".

"Det har jag visst men du har inte förstått. Och det är inte första gången". hade hon med skärpa framhållit.

Med en suck drog Karl-Erik på sig galoscherna och vandrade ut från universitetsbiblioteket och stannade till vid ytterdörren. Han konstaterade utan förvåning att morgonens strilande regn hade fortsatt och fortfarande föll över Lund fastän det hade hunnit bli sen eftermiddag. Dessutom att tät dimma hade hängt sig kvar till ingens glädje.

Så var det alltid när han råkat i uselt humör på grund av vädret, det fastställdes redan när rullgardinen farit upp vid 7-tiden. Innerst inne var han ändå ganska nöjd och hade redan tänkt ut hur han skulle tillbringa den fria kvällen.

Han fortsatte nedför UB-trapporna och tog sig fram till Kulturens restaurang intill Tegnérplatsen. Där var redan fullt men som stamgäst fick han ändå plats i en hörna, beställde sin starköl och återupptog sina funderingar.

Egentligen var han en lycklig man när han efter arbetsdagen kunde njuta sin pilsner utan hustruns moraliserande ord. På dagen var handskriftsavdelningen på UB den plats där han kände sig allra mest till freds med tillvaron. De fönsterlösa rummen, de fyllda bokhyllorna, den torra luften och de spröda dokumenten som väntade på att bli registrerade. Detta var hans verkliga hemmiljö. Där rådde han sig själv, störd bara vid sällsynta tillfällen av någon ambitiös släktforskare eller kollega.

Hade han fått välja skulle han ha inrättat sig på tjänsterummet med ett kylskåp och en säng där han kunnat tillbringa flera dygn tills behovet av klädbyte och variation i kosten gjorde några nätter i hemmet nödvändiga. Många nätter hade han nöjt sig med den gamla skinnsoffan som han hade lagt beslag på när ingen annan ville ha den.

Men den nya UB-ledningen hade uppmärksammat hans nattliga vistelser i tjänsterummet och bestämt sagt ifrån. Detta var inte tillåtligt. Någon gång bröt han ändå mot förbudet efter att ha blivit god vän med den nye nattvakten och hade därför åter kunnat fullt ut njuta tillvaron.

Livet hemma vid Gyllenkroks allé hade fortsatt att vara innehållslöst, bortsett från hustruns goda mat där fisk endast sällan kom på bordet, ett tecken på hennes goda vilja. Men den räckte inte för hans välbefinnande. Det var i arkiven han kände sig hemma och fritt kunde botanisera bland gammalt och nytt, uppdaga familjehistoriska och personliga bekännelser, och då även från nutid.

Släktforskning hade blivit populärt i Lund, ja i hela Sverige, och när man var klar med döstädningen och ville spara sina papper och hemligheter inför framtiden var det UB:s handskriftsavdelning som oftast fick förtroendet att ta emot de gamla dokumenten, inte landsarkivet. Efter många års studier visste Karl-Erik Svanberg därför mycket, även om nu levande personer i Lund. Men han behöll det för sig själv, höll hårt på sekretessen, även inför hustrun.

6

Solen hade sedan länge gått ner, lampan var släckt och i det kompakta mörkret vaknade Knut Broselius till liv efter några timmars sömn. I en månad hade han varit på resa i Sverige, sökt sig fram åt olika håll men nu hittat sitt hem, han kallade det så fastän det var tillfälligt. I Lund kände han sig hemma. Det var hit han till slut hade sökt sig, bort från samhällets omsorger, men också av nostalgiska skäl. Här hade han bott som barn och som student och kände fortfarande igen sig trots flera decenniers vistelser på andra håll. Här kände han sig hemma även om föräldrar och andra släktingar nu var borta. Någon egen familj hade han aldrig haft.

Som barn hade han utforskat gränder och trädgårdar, visste hur han på säkraste sätt skulle ta sig mellan olika platser när de vuxna jagade honom. Han njöt av att sjunka in i dessa minnen, de lugnade honom. Trycket i nacken som så lätt gjorde honom ursinnig på andra människor försvann då, men kom senare alltid tillbaka. Han visste inte varför.

Det här var inte första gången han lyckats smita bort från överheten, men nu hade han i flera veckor varit i frihet från vården på Beckomberga mentalsjukhus. Eller snarare isoleringen eftersom han ansågs vara farlig. För samhällets vårdande institutioner var Knut Broselius ett komplicerat kriminal- och psykfall. Trots utförliga och långvariga undersökningar hade ingen diagnos kunnat ställas efter att han stuckit kökskniven i sin far och därefter placerats för observation på lasarettets slutna avdelning för psykiskt sjuka.

Läkarna hittade inget fel på honom, tvärtom var han högintelligent men också känslolös. Intyg om detta hade blivit upplästa för honom och han hade inte haft några invändningar, men däremot blivit nyfiken på sig själv. Domen blev tvångsförvaring med särskild tillsyn på ett vårdhem i Uppsala.

Där angrep han efter några veckor en sköterska, våldtog och ströp henne. Med hjälp av hennes nycklar lyckades han fly från byggnaden och det dröjde några dagar innan ett stort polisuppbåd hittade honom i en källare i Stockholm. Han skickades tillbaka till Beckomberga, den här gången till ett säkrare förvar i en tillbyggnad, men fortfarande utan att någon sinnessjukdom hade kunnat konstateras. Beteendet talade dock starkt för att det fanns en sådan, men ännu inte upptäckt. Broselius höll sig till en början lugn där. Han fick fri tillgång till biblioteket vilket ansågs kunna vara nyttigt för hans tillfrisknande och till vårdpersonalens stora glädje utnyttjade han flitigt den möjligheten, blev lugn och intresserad av samtal i olika ämnen. Från en medicinsk uppslagsbok lärde han sig allt som där stod att läsa om olika sinnessjukdomar.

Efter många timmars läsning upptäckte han ett samband mellan sig själv och alkoholister som söp periodvis. Endast då och då kände dessa ett starkt behov av alkohol som inte gick att kväva. Han kände igen sin egen situation. För hans del kom ibland behovet att öva våld och om möjligt försöka mörda någon person i närheten. När så hade skett var han under lång tid tillfredsställd och kände ett stort lugn. I läkarboken beskrevs beteendet som en sjukdom, inte som kriminalitet. Detta var en upptäckt som han blev stolt över, men som han behöll för sig själv.

Det dröjde några veckor på den nya avdelningen, men en dag kände han att det åter var dags. Adrenalinet steg och pumpades runt i kroppen, Med knapp nöd förmådde han behärska sig när personal dök upp för att se till honom och servera mat. Men redan nästa natt tryckte han på nödknappen och en sjukvårdare rusade till. Denne anade inte att det var en fälla gillrad av patienten som låg på golvet och verkade livlös. I stället slöt sig ett par starka händer runt halsen på vårdaren och hittade snabbt fram till den rätta punkten i nacken och tryckte hårt till.

Även den här gången hade han försett sig med offrets nycklar och kunde osedd och med stort försprång ta sig bort från sjukhusområdet innan det slogs larm. Hans väg hade därefter gått genom skogar och ödemark, mestadels på natten. Tidningarna hade haft stora artiklar om honom och polisen varnat allmänheten för hans farlighet.

Så småningom avtog det mediala intresset, liksom polisens. Andra mord i de kriminella gängens spår drog snart bort uppmärksamheten från jakten på Broselius. Han var trots allt bara en individ inte medlem av något nätverk, ett stort hot mot enskilda, men inte för samhället.

Lättad över att mordbegäret var tillfredsställt för den här gången hade han vandrat söderut och lyckades en natt stjäla lämpliga kläder som hängde på tork på ett klädstreck i Gränna. Men de samlade veckopengar som en välsinnad socialvård hade skänkt honom på Beckomberga var nu slut. Han tittade sig omkring. I ett hus längre bort stod ett fönster öppet för sommarvärmens skull och han kröp in. I en kökslåda hittade han en börs och han tömde innehållet i sin ficka. Sedan han ansat sitt skägg och tvättat sig i en liten bäck som rann ner från berget kände han sig säker. Det hade varit en givande natt i den lilla staden tyckte han. Men var skulle han slå sig ner? Efter långa funderingar hade han bestämt sig och vandrade mera målmedvetet söderut eftersom hösten närmade sig. Snart skulle det vara dags igen för ett utbrott från hans oberäkneliga hjärna och då ville han inte befinna sig ute i en tom och ogästvänlig landsbygd.

Det lilla vindsrummet låg perfekt placerat inne i Lunds centrum, uppe i det gamla kulturmärkta huset, Det fick inte rivas eftersom det bar på en historia och därmed var skyddat från alla byggnadsvandaler. Högst sexton kvadratmeter hade han för sig själv, lågt i tak och dass på gården, i övrigt bara en stol, ett bord och en gammal soffa. Allt kunde vara från 1800-talet inklusive det minimala köket med en enkel vask där han kunde tvätta sig, om det behövdes. Modernare var en elektrisk platta, numera rostig men fullt användbar. På en hylla stod lite kantstött porslin. Han kände igen miljön från studenttiden. Bostaden fungerade fortfarande och soffan stod kvar på sin gamla plats mellan vasken och fönstret.

Här stod tiden still. Det lilla vindsrummet i det obebodda huset måste ha blivit bortglömt när ägaren flyttade till annan ort. Stans kulturintresserade medborgare hade gjort sitt till. Han var väl installerad och dessutom nu bortglömd av både polis och allmänhet. Men en ond verklighet från det förgångna trängde sig på från andra håll.

När Broselius försiktigt kikade ut genom fönstret skymtade han Algatan som mellan utblommade rosenbuskar vred sig fram mot Botaniska trädgården. Ingen människa syntes till. Allt var som det hade varit och skulle vara. Här i närheten hade han bott både som barn liksom under sin långa tid som student och sedan överliggare. Upptäckten att just det här huset stod tomt hade gjort honom förtjust. Detta var platsen. Den skulle i framtiden besökas av stora skaror turister som ville höra historier om mästermördaren Broselius, ett i framtiden känt namn i den svenska kriminalhistorien. Men där var han ännu inte.

Trots charmen med det gamla huset var det tydligen ingen som ville bo där, inte ens någon uteliggare. Kanske hoppades en ny ägare på rivningstillstånd och ville inte slösa bort några pengar på reparationer. Det var därför dörren hade stått olåst och allt sanitärt saknades. Bakom ett buskage nere på gården låg dasset kvar. Allt som allt var detta för honom ett perfekt boende, dessutom med ett centralt läge mitt i stan, lätt att slinka ut genom bakdörren till trädgården, ovårdad liksom han själv och i samklang med den övriga omgivningen.

Under barnaåren hade han haft en lekkamrat i huset intill och de hade brukat gömma sig uppe i det förfallna vindsrummet när vuxna ropade på dem för att utdela bestraffningar. Kamratens far var elak och kallades för Grisen. Han använde en livrem försedd med blänkande metallknappar när sonen skulle uppfostras. Det bältet hade han själv fått smaka när han hittades i sitt gömställe. Fortfarande efter alla dessa år kunde han inte glömma det som han då fått utstå. Såren på ryggen var borta, men förnedringen fanns kvar. Hans egen far, som visste vad som hänt hade aldrig ingripit! Gubben hade fått sitt straff några år senare, en cancer som långsamt tog livet av honom, men dessförinnan en kniv i ryggen.

Under tiden på Beckomberga hade Broselius i biblioteket fått tillgång till olika uppslagsböcker. Där hade han roat sig med att leta fram uppgifter om personer som ostraffade hade gått sin ondskefulla väg genom samhället. De påminde om sådana som han själv hade drabbats av.

En av dem var hans gamle lekkamrat, Grisens son, som blivit kvar i Lund. Han hette Håkan Josefsson och hade avbrutit sin skolgång och efter några år blivit busschaufför. Det gick så småningom illa för honom när han i berusat skick hittades i ett dike med bussen som närmsta sällskap. Efter avsuttet fängelsestraff fick Sverigedemokraterna syn på honom. De såg hans talanger och gav honom politiska uppdrag. Josefsson började ett nyktert liv och blev en renlevnadsman. Med sin nya fru flyttade han till en våning på Sölvegatan och klättrade uppåt i sitt parti.

Till den adressen hade Broselius en gång ringt under en tidigare flyktperiod och vädjat om lite hjälp, men hade med hånfulla ord blivit vägrad. I stället hade han fått förmaningar om ett hederligt liv och kamp mot kapitalismen. Sedan den dagen var han sin gamle lekkamrats fiende och önskade honom allt ont.

Lunds Stadsbibliotek hade blivit en guldgruva för Broselius och försåg honom med dator och tidningar. Genom dessa hjälpmedel hade han fått flera och detaljerade uppgifter om Josefsson, bland annat att denne avancerat i politiken och vid det senaste valet kommit in i kommunfullmäktig, förespråkat inlåsning av förbrytare på obestämd tid och tvångsförflyttning av invandrare till grannkommunerna. På det lokala planet krävde hans parti omedelbar bötfällning av folk som inte använde kommunens papperskorgar eller spottade på gatan.

"Josefsson är en populär person", hette det i slutet av en tidningsartikel som hyllade honom på 60-årsdagen.

Broselius kände hur adrenalinet åter steg upp inom honom. Nu fick det vara stopp med den sortens hyllningar. Josefsson hade alltför länge sluppit undan sitt straff men nu fick det vara nog. Förutsättningarna var de bästa. Månen var i nedan och dold bakom moln. Höstmörkret var därför kompakt. Dimman låg dessutom tät och dämpade belysningen ytterligare vilket borde vara till hjälp enligt hans tidigare erfarenheter, såvida han inte gick vilse. Men han kände terrängen och risken var därför liten. Det var dessutom fredag den 13 och Broselius var vidskeplig. Han hade redan för några veckor sedan planerat att straffa Josefsson, men misslyckats. Nu var det dags att försöka på nytt. Han måste lyckas.

Försiktigt drog han på sig sina kläder och knäppte den grå luvan över huvudet. Kastade en sista blick genom fönstret. Det blänkte svagt från de våta gatstenarna men inga människor syntes till. På avstånd bort mot Botan hördes dunket från något rockband som det fortfarande var liv i eftersom studenterna brukade ha det svårt för att dra sig hemåt, trots att det blivit midnatt.

Han kom ihåg det våldsamma festandet från sin egen studenttid utan att han själv någonsin hade vågat ta alltför aktiv del i detta, även om det hade varit frestande. Han hade varit för blyg. Nu kände han hur blodet pulserade. Bara bytet kom inom räckhåll skulle han inte visa någon tvekan.

Broselius visste vilken väg han skulle ta för att minimera risken för upptäckt. Västerut skymtade Lundagårds mörka lövmassa, sparsamt upplyst av några lyktor. Det var dit han osedd skulle ta sig för att där invänta Josefsson, om han nu skulle dyka upp.

I en tidningsintervju hade denne berättat om sina fredagskvällsbesök med partimedlemmar på Spisen vid Kiliansgatan som tyvärr nyligen hade stängt. Nu skulle de pröva ett mera ungdomligt ställe vid Kungsgatan i hopp om att där finna nya sympatisörer. Det här var ett kärt område för Josefsson. Som gammal studentsångare hade han efter repetitionerna på AF-Borgen själv brukat meditera en stund vid Otto Lindblads staty i Lundagård, en tradition från studenttiden som han fortsatte att upprätthålla.

På fråga från tidningens uppsvenske intervjuare hade Josefsson förklarat att Otto Lindblad var en sångare och kompositör på 1800-talet som tidigt hyllat de svenska karaktärsdragen, vemod och krigslystnad. Bland dennes verk fanns en fornnordisk sång som fortfarande på hans egen tid hade brukat sjungas när han och hans kamrater sent på natten ställde upp sig vid statyn efter en glad festkväll. Texten citerades i artikeln.

Broselius njöt när han ur minnet tyst sjöng den för sig själv uppe i vindsrummet. Hur ofta hade han inte för egen del lyssnat på detta.

"Ur Ossians dunkla sagovärld ditt Oscars namn emot oss klingar, där tonar det i vapenfärd och Fingals son den skönsta hjälten är. Forntid sig med framtid enar, sagan sanning blir en gång."

Han begrep inte innehållet i sångtexten, men det var en avslöjande tidningsartikel, tänkte Broselius. Och användbar. Han hade tänkt igenom olika planer och tankarna flög genom hans huvud. Attacken mot Josefsson skulle visserligen bli riskabel eftersom denne kanske hade kamrater omkring sig, men det fanns inget annat val. Grispojken måste hinna bli dödad innan han själv hunnit bli gripen, men helst lyckats fly, och det borde han kunna i Lundagård där det fanns många flyktvägar.

Kanske ytterligare en tid i frihet, men till slut skulle polisen lyckas få tag i honom, det begrep han. Därefter skulle man inte ge honom någon mera chans. Hans sorti ur världen måste därför bli något särskilt, något som förde in honom i framtidens historieböcker som en ovanligt skicklig förbrytare, kanske den genom tiderna allra skickligaste. Ett ärofullt unicum. Sagan sanning blir en gång, tänkte han en smula förvirrat.

7

Hos Carolina Svanberg började bokcirkelns medlemmar strömma in och sätta sig längs det färdigdukade kaffebordet. Det var fredagskväll och dags för det första höstmötet. Alla var förväntansfulla. Värdinnan var glad över att ingen hade ogillat hennes ambitioner och därför lämnat återbud. Det tydde på ett genuint intresse för litteraturen och behovet att få diskutera de senaste böckerna, dessutom en känsla för ordning och reda. Framför allt var det ingen som hade skrämts bort av det underliggande feministiska maktperspektivet eller de sammanhängande planerna på att skapa en ny och bättre värld, även om de tycktes utopiska.

Nuvarande stora bokutgivning gjorde det naturligt att först leda medlemmarna genom den snåriga skogen, lyfta fram det litterärt värdefulla och vika undan från skräpet. Först så småningom skulle klubbens ideella motiv komma fram, men det skulle ske försiktigt, precis som hennes ryska väninna hade föreslagit. Hon måste först etablera sig som deras självklara ledare och därför beredda att följa henne.

Carolinas klargörande förberedelsearbete hade gett resultat redan vid det inledande mötet och hennes status hade ökat deras övertygelse om att hon trots pensioneringen var en synlig och uppskattad person i kulturens tjänst, någon som var beredd att ta på sig ledartröjan in i den osäkra framtiden. Samtidigt välsignade hon sitt beslut att inte låta karlarna vara med i litteraturcirkeln. De trodde sig själva om alltför mycket och deras närvaro skulle ha stört den eftertänksamma samtalston som hon ville verka för. Förresten var männen sällan pålästa och ville gärna prata om annat, bypolitik och sånt. Varken hon eller Olga borta i S:t Petersburg ville att sådant skulle få förekomma.

Från sin tid som föreläsare på universitetet tålde Carolina inte sena ankomster, det var hon känd för, så när klockan slog sex var alla på plats och med dagens diskussionsbok framför sig på bordet. Reglerna i kretsen hade tyst utformats redan vid det första mötet. Man skulle vid ankomsten några minuter i förväg ställa sig vid fönstren och beundra utsikten mot Stadsparken, berätta minnen från studenttiden, sedan sätta sig vid bordet, och helst inte intill samma grannar som tidigare. Några kotterier skulle inte få uppstå. De var nio deltagare inklusive värdinnan och cirkeln skulle därför kallas De Nio efter högt litterärt föredöme från Stockholm.

Carolina hade redan i våras skaffat sig en god kännedom om cirkelns medlemmar och var kunnig om deras levnadsöden, goda såväl som onda. De hade själva fått teckna den ytliga bild som de ville etablera inför omgivningen och hade därför blivit mera pratsamma med varandra, berättade minnen från den varma sommaren och diskuterade resultatet av de amerikanska opinionsundersökningarna. Carolina lät dem hållas och ville inte redan nu stimulera till samtal om Trumps förfärlighet. Däremot fick de gärna berätta om sina egna upplevelser tidigare i livet.

Thyra Lundgren var en av de fantasifulla och delade gärna med sig av en skräckupplevelse från skoltiden då hon en tidig morgon på väg till skolan upptäckte en död man som hängde i ett rep från en av gångbroarna i Stadsparken. Historien var inte ny men alla uttryckte sin förfäran. Var den sann? Somliga uttryckte tvivel. Andra hade mera vardagliga ting att berätta, ett nytt barnbarn eller någon känd som hade dött på ett oklart sätt. Men ingen partipolitik, det hade Carolina tidigt gjort klart för dem.

Liksom i kyrkan, när klockorna började ringa till gudstjänst, måste bokvännerna vara lyhörda för signalerna från värdinnan och avsluta de privata samtalen även om dessa blivit livliga. Det var därför som mötet började med en stunds tystnad efter att deras värdinna Carolina klingat med sin lilla bordsklocka. Ceremonier var viktiga för sammanhållningen. Tiden var nu inne och sorlet dog bort.

"Välkomna till bords, kära vänner! Nu är det dags igen. Jag hoppas ni har haft tillfälle till lite läsning trots att solen lyst nästan hela tiden."

Nickningar kom från nästan alla håll.

"Inte för mig", svarade Sara Sjöblom, en veteran i kretsen. "Jag var med partikamraterna på Almedalen och sedan cyklade min man och jag upp till Fårö där jag inte varit förut. Besökte Palmes grav förstås och lade ner en ros. Det var en vemodig stund."

Maria Edelswärd ogillade tydligt Saras partipolitiskt genomskinliga deklaration.

"Och jag för min del var i Falsterbo, på gamla Falsterbohus. Det har återuppstått, om ni inte redan visste det. Gud en sån härlig miljö! Och så många som jag kände igen sedan studentåren, fastän de blivit lite äldre och gråhåriga! Dans varje kväll, och om dagarna mycket bad.

Härlig sandstrand, snygga gossar som visste hur man uppför sig inför en vacker kvinna, också inne i baren. Jag hade det säkert roligare där nere på sydkusten än du Sara på Fårö."

De flesta skrattade.

Sara studerade kritiskt Marias framträdande bruna ansiktsfärg.

"Ja, kära Maria, det betvivlar jag inte. Fast glöm inte att kunskap består, men solbränna förgår."

Ett inledande gräl med politiska undertoner var under uppsegling och stoppades snabbt av värdinnan.

"Fårö eller Falsterbo, de två farliga F:en. Var och en finner argument för sin tro, men ni läste väl ändå nånting, var ni än befann er?"

"Icke sa Nicke", fnittrade Maria. "Jag hade annat för mig."

"Jodå, svarade Sara. "Jag läste den nya bestsellern "När vinden vänder". En väldigt fin bok. Jag är glad att du nämnde den vid förra mötet. Det piggade upp att få läsa den när allting rasar ihop ute i världen och slutet är oundvikligt! Vilken underbar skildring av relationen till hunden!"

"Det tyckte jag också", svarade Carolina "och det är därför som jag har satt upp den som läsuppgift inför vårt nästa möte. Men innan vi börjar med dagens bok vill jag gärna höra om ni har läst något annat som ni tycker är värt att diskutera senare i höst? Massvis av nya böcker kom ut under våren. Svårt att välja. Jag tycker själv att vi inte ska glömma våra stora klassiker, Strindberg och Lagerlöf. Och Almqvist! Och naturligtvis ska vi läsa också några arbetarförfattare. Lars Ahlin till exempel."

Instämmanden kom från flera håll, men också förslag på nyutkomna böcker.

Jon Fosses "Trilogin" föreslogs av Sara Sjöblom: "Den bara måste ni läsa!" Lena Högberg höll fram "Systrarna" av Johannes Hassen Khemiri. Sara var inte överens med Lena utan framhöll Khemiris utanförskap i Sverige. "Kanske har det gett honom en större framgång än vad han är värd. Så galet kan det bli i vårt land."

Carolina hade redan vid deras första möte i våras upptäckt att Sara gärna konkurrerade med andra i gruppen i fråga om beläsenhet och inget ont i det, tänkte hon. Sara var yngst men teoretiskt kunnig om litteratur medan Lena hade en lång verksamhet som lektör på Verbum att falla tillbaka på. Det ledde till bra diskussioner.

"De där böckerna är så populära att det är långa köer på dom i biblioteken, fast snart finns de i pocket. Att köpa nytt är dyrt och det ska vi försöka undvika. Låt oss komma tillbaka om de där böckerna vid senare möten. Men vad tycker ni andra", frågade Carolina.

"Ni har väl också förslag! Gärna av lite äldre årgång."

Flera boktitlar följde och från Lena kom Stefan Zweigs "Världen av i går", en underbar bok, tyckte hon, men Sara Sjöblom gav den tummen ner. "Alldeles för reaktionär och snyftande."

"Varför inte ta en kontroversiell personskildring", föreslog hon, en bok där författaren försöker förstå en brottsling. Jag tänker på Yrsa Stenius som skrev "Mannen i mitt liv" om Hitlers favorit Albert Speer, nazisten som var ansvarig för att infrastrukturen i Det Tredje Riket fungerade trots de allierades bombningar. Hans intelligens påverkade den amerikanske domaren och därför lyckades han klara sig från galgen i Nürnberg. Detta beundrade Stenius honom för."

Det blev tyst kring bordet. Att diskutera en faktabok som förminskade huvudpersonens ondska, var det en bra idé? Att finna ursäkter för huvudpersonens delaktighet i nazismens förbrytelser. Vågade man tycka så pass fritt ens inom en bokcirkel?

Efter en stund höjde Gullevi Ståhl armen. Hennes engagemang för Norrlandsälvarna var allmänt känt.

"Nu tror ni förstås att jag ska föreslå någon bra bok om miljö och älvräddning och det kan jag förstås. Men dom böckerna är ofta lite för känslosamma och ni är dessutom säkert alla kunniga i miljöpolitik. Nu vill jag vara fräck och i stället slå ett slag för den svenska populismen. Varför prövar vi inte författare som Camilla Läckberg och Björn Ranelid? De är så populära bland vanligt folk att man numera anklagas för låg bildningsnivå om man inte har läst åtminstone någon av deras böcker. Kanske hittar vi några guldkorn i de där böckerna och inte bara tjafs."

"Tänkvärt", tyckte Carolina. "Är det någon av er som har läst något av dem? De har ju en stor produktion bakom sig."

Alla skakade på huvudet, även Gullevi.

"Det skulle kanske vara uppfriskande", svarade Carolina. "Nu har jag fått bra uppslag till resten av höstens program. Kommer ni på någon ytterligare bok, ny eller klassiker, så ring eller mejla mig. Jag funderar själv på ett dagsaktuellt ämne, kriget mellan Ryssland och Ukraina, men som också handlar om vårt orimliga rysshat. Det har kommit många böcker om den saken."

Hon tittade sig omkring och registrerade till sin glädje att det fanns ett intresse för en sådan diskussion.

"Men först ska vi diskutera den andra boken som vi bestämde oss för vid det senaste mötet i våras. Det blev ju "Den gula tapeten" av Charlotte Perkins, en känd och tänkvärd bok, fast den har många år på nacken. Den är mycket tunn, har inte så många sidor, men den är fullproppad av saker att tänka över, ja riktigt otäck. Ni har väl med er den! Vad gillade ni den?"

Diskussionen kom snabbt i gång, tolkningarna var många och oavsett dessa var omdömena starkt positiva. Det var en djävulskt skickligt berättad skildring av psykisk tortyr som ledde till den stackars kvinnans död. Alla var överens.

"Vad skönt det skulle vara om alla bra böcker tvingas vara lika korta som den här boken, då skulle i alla fall jag läsa mycket mer också på sommaren", försäkrade Maria Edelswärd och blinkade mot Sara Sjöblom.

"Bra Maria! Det förslaget ska jag framföra till mina partivänner", svarade Sara. "Det skulle öka läsandet ute bland vanligt folk, bidra till jämlikheten. Ett litet vänligt förslag från politiskt håll om att undvika tjocka böcker kan inte störa bibliotekets valfrihet. Max 200 sidor, det kan räcka för att få fram det man vill ha sagt".

"Hade jag föreslagit något liknande i mitt parti så hade mina kamrater fått dåndimpen", svarade Ann-Sophie Larsson. "Vad är det för demokrati! Jämlikhet av det slaget får inte tvingas fram."

"Men då hade du kanske fått behålla posten som ordförande i kulturnämnden."

Det var Gullevi Ståhl som gav ett nålstick till Ann-Sophie som nyligen sparkats från det uppdraget av partikamrater som ogillade hennes alltför konservativa syn på kultur. Det blev tyst i rummet.

"Värst vad det var retligt runt bordet i dag."

Det var Carolina som kände behovet att som värdinna stoppa en ny ordväxling.

"Vi tar en paus. Nu är det dags för kaffe och tårta. Först fram får den största biten! Den som är snällast får äran att först hälla upp åt sig ur sherry-flaskan."

Alla skrattade och krusade. Ingen vågade ta för sig förrän värdinnan själv serverade   tårtbitarna och sherryn så rättvist och jämlikt hon kunde. Samtalet om den gula tapeten kom av sig.

Carolina var mycket nöjd eftersom det till slut hade blivit en bra diskussion. Stämningen kring bordet hade varit både seriös och lättsam.

Gruppen fungerade bra och de små gliringarna mellan somliga fick man acceptera.

8

Thyra Lundgren var tidig med att bryta upp från kalaset. I tamburen fick hon tillfälle att byta några ord med värdinnan Carolina.

"Det var ett intressant möte", sade Thyra, "livligt och omväxlande. Ingen satt tyst, alla hade åsikter. Men ibland blev det en irriterad stämning och jag vet inte varför det blev så. Vad tycker du? Eller överdriver jag? Lena och Sara retas gärna om sina olika politiska åsikter. Samma sak händer när Sara kommer ihop sig med den lättfärdiga Maria Edelswärd. Jag har också lite svårt för henne. Kanske är det Maria som är lite udda i vår grupp."

Carolina skruvade på sig.

"Jag tycker inte det var så farligt, men vi intellektuella har bestämda uppfattningar och formulerar oss ibland lite spetsigt. Maria är en ovanlig fågel i vår lilla bur och hon ska också få höras. Kanske vill hon bara chockera oss andra med inblickar i hennes sällskapsliv. Hon lämnade ju oss i förtid och påstod att hon hade en date som inte fick missas."

Tyst noterade hon att Thyra vid bordet själv hade visat stort intresse för Maria och nog avundades henne det liv hon förde. Därav kritiken mot henne.

"Vi får väl alla försöka undvika incidenter vid kommande möten, men man ska absolut få uttrycka avvikande åsikter. Tänk vad tråkigt om vi alla tyckte lika!"

"Nej, så vill inte heller jag ha det."

Thyra vandrade hemåt eftersom hennes lägenhet vid Södra vägen låg nära. Trots mörkret valde hon att ta genvägen genom Stadsparken. Nu var hon ensam och slapp de andras forskande blickar. Det var dags att åter ta itu med sina fantasier, bevisa för sig själv att hon var en stabil person som utan fruktan kunde vandra sin väg rakt fram.

Regnet hade upphört och efterträtts av dimma. men hon hade det egna sinnet fullt av tankar. Sedan den 1 juli var hon emerita, pensionär från professorstjänsten och ett nytt liv öppnade sig, fritt och oberoende. Hon skulle slippa att dagligen spela teater. Borde hon inte avsluta medlemskapet i bokcirkeln redan nu innan hon blev alltför fast där och kanske avslöjade sina psykiska besvär. Mötena skulle ta mycket tid och hon ville hellre ägna sig åt sina studenter i Kalmar Nation som i våras valt henne till sin inspektor fastän de inte visste vem hon egentligen var.

Uppdraget var prestigefyllt och hade visat sig viktigare nu än förr eftersom studentfesterna blivit vildare och långvarigare än på hennes tid. Hon älskade sina studenter, såg dem som sina egna söner och döttrar, men de störde de kringboende Lundaborna med sitt festande. Det gällde att manövrera försiktigt, att vara smidig och försvara ungdomarna, men inte heller kollidera med de statliga och kommunala ordningsreglerna som annars kanske skulle skärpas.

Trots dessa bekymmer var uppdraget riktigt roligt. Nationslivet var spännande och drog henne bort från de dystra tankarna i ensamheten. Kanske förklarades de unga studenternas nöjesliv av den domedagsstämning som klimatkrisen skapat. Låt oss i dag festa, för i morgon skola vi dö. Tänkte de så? Hon kände sig inte säker på det. De flesta var ytliga och tänkte knappt ens på nästa tenta. Det hade hon hört från flera håll och själv fått uppleva. Nu ville hon vara som en mor för dem.

Thyra kände en ilning av obehag i magen och hoppades att den inte liksom tidigare skulle övergå i migrän. Framtiden såg mörk ut, inte så ljus som den varit för tidigare generationer. Hon förstod ungdomarna och kände själv ett starkt obehag inför den framtid som väntade dem. Därför deltog hon gärna i deras fester, men på ett vuxet sätt. Ingen skulle få reda på att hon om nätterna ofta drabbades av mardrömmar, Översvämningar som sköljde in över stranden, eldstormar som drog fram längs gatorna. En död människa som reste sig upp ur sin grav.

Hon förstod att det var fantasier och hallucinationer och hade aldrig talat med någon om den saken. Vad skulle folk tänka om det spred sig att hon tidvis var tokig? I folks ögon var migrän något annat, en helt acceptabel sjukdom. Hon anslöt sig till den uppfattningen.

Hur länge till skulle hon orka, hur länge till var livet värt att leva? Skulle hon göra slag i saken? Nej inte ännu. Carolinas naiva tro på en bättre framtid i kulturens tjänst var ändå värd att följa på vägen ett tag till och kanske kunna bidra till något positivt också för henne själv..

Thyra var glad över att vara singel och att hon därmed inte hade förpliktelser mot någon annan. Men hon älskade alla barn, månade om dem, särskilt om de kommit till Sverige som flyktingar. Som universitetslärare hade hon gjort sig omtyckt och förstått att trygghet var vad studenterna behövde, men saknade. De måste få samma trygghet som tidigare i hem och skola. Hon såg möjligheterna med

Carolinas initiativ och tänkte utnyttja detta för egen del för att nå fram till behövande ungdomar även i andra länder och ge dem en bättre framtid. Då gällde det att hålla masken och inte bli en nervös fjompa. Thyra stannade till och tittade sig omkring. Det var något som störde. Träd och buskar syntes suddigt genom nattdimman, men rakt framför sig såg hon plötsligt brovalvet som en stor mörk fläck i dimman. Det här måste vara platsen för en av hennes tidigare upplevelser och som hade satt sina spår så djupt in i henne.

Plötsligt upptäckte hon det som hon redan hade fruktat och stannade därför upp. Mannen skymtade fram i nattdimman under valvet. Han rörde sig. Sakta styrdes han av repet och svängde runt, fram och tillbaka i tystnaden och ensamheten. Långsamt vände sig det vita ansiktet, försvann och kom tillbaka. Var det bara inbillning? Kanske en variant i hjärnan av det hon den där tidiga morgonen för länge sedan hade upplevt. Var det bara inbillning, eller var det ett brott som hon blivit vittne till i barndomen och nu upprepade sig i en skräckslagen hjärna? Hjärtat bultade och hon kände hur smärtorna i magen förvärrades. Migränen var på väg. Ogärningsmän kunde finnas i närheten, så vad skulle hon ta sig till?

Droppet från träden bidrog till den otäcka stämningen och Thyra tittade sig omkring. Bron stod där den skulle stå och med det mörka valvet under sig. Men nu syntes inte längre den hängande mannen. Skulle det bli som den gången när föräldrarna utsatte henne för en psykiatrikers förnedrande undersökning. Han hade inte hittat något alls. "Hon är ju hjärndöd" hade han skämtande sagt till föräldrarna.

Det tänkte hon inte tillåta den här gången. Den man hon sett var nu försvunnen och hon skulle hålla tyst om det som skett, liksom hon tvingats göra vid intervjun den gången då hon sökte sin första tjänst. Det gällde att tona ner upplevelserna i barndomen och framträda som en stark kvinna om man ville bli något här i världen.

Med bestämda steg gick hon tillbaka mot Esplanaden, vände söderut och var efter några minuter framme på Södra Vägen. Faran var över och hon släppte taget om den lilla flaskan med tårgasspray som hon fått när hon blev medlem i kvinnogruppen Hedda. Ett medlemsbevis. Det kändes spännande att hålla i den och hon skulle inte tveka att använda den, men bara när hon var frisk. Det vapnet var numera olagligt och hon funderade åter på att göra sig av med flaskan innan hon blev utsatt för en polisvisitation. Dessförinnan skulle hon gärna ha velat spruta ut innehållet i Maria Edelswärds ögon och ansikte. Det skulle ha känts skönt.

*

Hemma hos Carolina fortsatte samtalen men nu utan den avsedda idealistiska inriktningen. Thyra hade försvunnit och det borde för länge sedan ha varit dags för de övriga bokvännerna att bryta upp. Carolina kände irritationen men ansträngde sig för att dölja den. Hon valde till slut att göra en tydlig rörelse med armen som för att kontrollera tiden. Gullevi förstod genast gesten, tog fram mobilen för att beställa en taxi eftersom hon och hennes man bodde i en villa ute i Lomma. Han hade inte tid att hämta henne. Men inte heller taxi hade tid. Hon gjorde en gest av uppgivenhet men fann sig i sitt öde. Transporten skulle säkert ordna sig på något sätt. Och det fanns nattbussar.

Tillsammans med Gullevi vandrade Astrid iväg norrut för att möta sin man som väntade på café Ariman nära Domkyrkan, säkert intensivt engagerad i politiska samtal.

Upprörd över Taxis ständiga "Var god vänta" gick Eva mot stationen där Skånebussarna brukade finnas tillgängliga. Dit var det inte så långt och med upplysta gator hela vägen. Sara tog bussen från Bankgatan till Linero ute på Öster.

Sist av alla bröt Lena och Ann-Sophie upp och vandrade längs de tomma gatorna mot sina hem i Professorsstaden.

"Är du nöjd med kvällen", frågade Ann-Sophie. "Jag är inte särskilt glad över Carolinas bokval. Så som världen nu ser ut vill jag hellre diskutera de stora frågorna om klimatet och krigen, inte en gammal bok om psykologi. Kommer mänskligheten att överleva? Det är det viktiga och det vill jag läsa mera om. En debattbok om samhällsutvecklingen."

"Jag håller med", svarade Lena. "Känner du till Torbjörn Tännsjö, Göteborgsprofessorn, som menar att vi måste avskaffa demokratin och i stället acceptera en global despot med maktresurser för att i alla jordens länder tvinga fram de beslut som krävs för att rädda klimatet."

"Jo jag har läst om honom. En gammal socialist som kommit på villovägar. Helt omöjligt att tänka sig att en ny och demokratisk världsordning skulle kunna komma till på det sättet. Eller att demokratin skulle kunna återuppstå efter det äventyret."

"Säg inte det. Tänk på Hitler. Han hade kunnat vinna och upprätta ett globalt Tredje Rike som härskade över både Europa och Amerika. Och som med maktmedel tvingat folk världen runt att leva sunt och i harmoni med naturen, den ariska förstås. Nu är det Putin som har kommandot, och med Trump vid ledningen i USA så kan vad som helst hända."

"Att Adolf Hitler skulle kunna bli miljöaktivist, det var djärvt tänkt, Lena. Och bort med alla tankar på Förintelsen."

"Du väcker så svåra frågor. Vi moderater måste se möjligheterna, inte svårigheterna. Vi måste vara vara lite mera positiva och inte bråka om behovet av paradigmskiften. Socialdemokratin har tillsammans med oss ändå skapat ett Sverige där det är ganska gott att leva, det måste vi erkänna. Kan du inte hålla med om det?"

"Det är sossarnas mjuka samhälle som har skulden för all kriminalitet vi fått nu, skottlossningar och mord, folk som inte vågar sig ut på gatorna ens mitt på ljusa dagen för att inte råka illa ut. Penningtvätt, bedrägerier mot enskilda. Skolorna, bostadsbristen, energin, järnvägarna. Det kan du inte skylla den nuvarande regeringen för. Välfärden byggdes upp i samförstånd med sossarna också under tidigare borgerliga regeringar, men den har efteråt rasat samman, det borde du väl kunna erkänna. Reinfeldts fel, men Löfven fortsatte på samma väg."

En tvist var under uppsegling men Lena kastade ut en olivkvist.

"Vi har alla ansvar för att samhället ser ut som det gör så låt oss inte bråka utan i stället enas om att vi behöver en nationell samling över blockgränserna. Vem som har den största skulden för de nya problemen, det får de framtida historikerna avgöra. Nu är det vår egen tid och våra akuta problem som vi måste ta itu med."

"Det håller jag med dig om. Tänk om vår partiledning vore lika klok som vi!"

De vandrade vidare och kom fram till Stortorget. Domkyrkans torn skymtade genom nattdiset och en spröd klämtning markerade jämn timme. Uppe från Kungsgatan hördes upprörda röster och damerna tvekade om vilken väg hemåt som var bäst att ta eftersom Lund inte längre ansågs vara en säker stad.

"Det är gänget på gamla Ariman som är igång. De är lite bråkiga, särskilt på fredagskvällarna. Låt oss gå över Mårtenstorget bort till Östra Vallgatan och förbi Botan till Tunavägen. Där är det lugnare.

Men plötsligt hördes norrifrån ett skarpt skott, inte så långt bort. De kastade sig båda till marken och väntade. Inga flera skott och efter en stund vågade de försiktigt resa sig upp men viska med varandra. Vad hade hänt? Ljudet kunde inte ha kommit särskilt långt bortifrån, kanske från Kungsgatan men troligen var det bakom Domkyrkan, trodde de. Fortfarande var allting tyst.

"Det måste vara en gänguppgörelse och bovarna är inte gripna ännu. Det kan bli farligt att vara så nära så vi ska nog ge oss iväg innan det bryter loss igen."

En man kom springande nedför Kyrkogatan och passerade nära dem.

"Vad har hänt", ropade Lena men fick inget svar.

"Han agerar precis som också vi borde göra", sade Ann-Sophie. "Stänger ute allt annat. Flyr bort från eländet."

"Jag tyckte jag kände igen honom", sade Lena.

"Du och dina karlar", retades Ann-Sophie.

På avstånd hördes polissirener och snart strömmade polisbilar till västerifrån.

"Låt oss stanna en stund och se vad som händer. Med poliser i närheten kan det inte vara så farligt att vara kvar. Jag är lite nyfiken på hur det utvecklar sig."

"Jag håller med. Men hade den gamla polisstationen fått vara kvar i Rådhuset så skulle polisen ha varit här mycket tidigare.", svarade Lena.

"Du lever i en gången tid", blev Ann Sophies svar.

Poliser dök upp och spärrade av Kyrkogatan liksom infarten till Kungsgatan. En av dem rusade fram och ställde några frågor. Nej de hade inte sett något misstänkt. Han antecknade deras namn och telefonnummer, rusade vidare men hann ropa en uppmaning.

"Ni måste bort från Stortorget. Här är inte säkert."

En längre omväg var nödvändig och via Mårtenstorget nådde de så småningom fram till Lenas hus vid Studentgatan. På avstånd hördes fortfarande ljudet av polissirener men de var inte längre så många.

"Här bor du bra", sade Ann-Sophie.

"Precis nyinflyttad", svarade Lena. Vi bodde tidigare i Dalby men min man tycker det är jobbigt med buss in till stan, så vi hittade det här huset, lite nergånget men hemtrevligt. Och oväntat billigt."

De skildes åt och Ann-Sophie vandrade vidare mot sitt hem.

9

Karl-Erik Svanberg fortsatte att leva sitt liv i stillhet, men han hade fått ett problem, inte särskilt stort, men av ett påträngande slag. Vid sitt senaste besök på Stadsbiblioteket hade han lagt märke till en äldre man som satt och ögnade igenom tidningar i läsesalen. Inget märkligt med detta. De flesta i klientelet var pensionärer och såg likadana ut, hafsigt klädda, långsamma. Skillnaden var stor mot de unga studenter som i stället besökte Universitetsbiblioteket. Kanske var det äldre klientelet på Stadsbiblioteket änklingar eller sjukskrivna, rymlingar från äldreboendet. Ingen verkade lägga märke till dem.

Ingenting att bry sig om, tänkte han, men ändå brydde han sig. Ingen regel utan undantag, brukade han säga till sig själv och tittade ner på sina egna skrynkliga byxor. Det fanns många sätt att använda tiden effektivt och inte slösa bort den på onödiga aktiviteter. Tvätt och strykning var bra exempel på den saken.

Just den här mannen tyckte han sig känna igen men kunde inte placera honom. Det retade Karl-Erik och störde hans känsla för att alltid hålla ordning och kunna sortera sina minnen i olika fack, vid behov kunna ta fram dem. Var det samme person som häromkvällen passerade honom i Lundagårdsmörkret och då hade dragit sig åt sidan? Någon gammal kamrat från det förflutna? Kanske var igenkännandet ömsesidigt men den andre verkade i så fall inte vilja bli störd. Det var hans rättighet och Sverige var fortfarande ett fritt land.

Frågan om den främmande mannens identitet förföljde Svanberg och irriterade honom. Tankarna återvände ständigt till den obesvarade frågan. Vad var det han hette? Ett ovanligt namn. Om det nu var den han tänkte på. Det var länge sedan, men minnet borde ändå fungera.

Svanberg fortsatte funderingarna under sin väg till Arimans restaurang för att i ensamhet äta en god middag eftersom hustrun denna kväll på nytt skulle ha sina väninnor hemma hos sig. Han hade markerat sin ovilja mot tilltaget men undvikit ett nytt gräl.

Restaurangen var redan full av fredagsglada gäster och ljudnivån låg som vanligt högt. Som stamgäst fick han ändå ett eget bord och beställde sin vanliga korvgryta med en lättöl. Mer behövdes inte, han var på gott humör ändå och inledde samtal med bordsgrannen. De utbytte synpunkter på studenternas uppförande och stannade upp i en diskussion om betydelsen av ordet "vandel." De var båda ordvana och lyckades en bra stund vänskapligt diskutera ordets bakgrund och användning när det plötsligt blev tyst i restaurangen. Ett gräl hade brutit ut vid ett bord och övergick till ett slagsmål. Bråkstakarna jagade varandra ut på gatan. Ett skarpt skott hördes. Det måste ha avlossats alldeles i närheten. Alla rusade mot fönstren och tittade försiktigt ut, men ingenting ovanligt kunde observeras. När sirener från polisbilar hördes och kom allt närmare erbjöds gästerna söka skydd i köket och restaurangchefen låste ytterdörren.

Efter en stund knackade några poliser på dörren och ville ha uppgifter om någon hade sett något av värde för jakten på ett kriminellt gäng som härjade i närheten och nu hade flytt åt skilda håll.

Källarmästaren valde att förklara att man ingenting hört eller sett förrän skottet ute från gatan skrämde upp hela restaurangen. Han undrade vad som hänt. Poliserna svarade inte utan rusade iväg på jakt efter andra vittnen.

Nya gäster anlände så småningom och kunde berätta att det varit bråk på Kungsgatan och att en brottsling hade lyckats fly in i Lundagård och där blivit beskjuten. Enligt obekräftade uppgifter hade flera människor dödats av skottlossningen.

Stämningen blev spänd och alla valde att sitta kvar och inte riskera livet i vad som kunde vara en mördarjakt. Men samtal uppstod mellan de skilda borden och nyheter från P 4 om den fortsatta polisjakten förmedlades till de mobillösa.

Karl-Erik Svanberg hade med lättnad släppt tankarna på den okände tidningsläsaren som han iakttagit på Stadsbiblioteket.. Det som hände nu var viktigare, oväntat och tragiskt. Området kring Domkyrkan och Lundagård var en helig plats, där inga mord fick äga rum. Nu måste allmänheten hjälpa till och inte tiga inför polisen. Men var höll boven hus? Eller var det flera bovar? Hade det verkligen skett ett mord? Allt var så förvirrat.

Han blev upplivad vid tanken på att händelsen så småningom skulle sätta spår i dagböcker och personliga vittnesmål inlämnade till förvaring på UB:s handskriftsavdelning, och sorterade av honom.

Det hade gått en timme innan en polis meddelade att faran var över, de kunde utan problem lämna restaurangen. Gästerna började långsamt troppa av men såg sig oroligt omkring. Ett par polisbilar var parkerade på Krafts torg vilket verkade lugnande. Längre bort vid Otto Lindblads staty skymtade poliser som vaktade statyn. Blåvita plastband hindrade nyfikna att komma nära platsen. Några andra poliser gick omkring på Kungsgatan och upprepade att faran var över. Folk kunde ge sig av hem, men fotgängare uppmanades att vara försiktigare än vanligt. En våldsman gick fortfarande lös någonstans men höll sig nu säkert gömd. Karl-Erik Svanberg valde att trots detta oklara besked gå genom Lundagård. Som gammal Lundastudent var detta något av en helig plats för honom. Nu hade den besudlats av ogärningsmän, kanske hade liv krävts.

Intill Lindbladsstatyn stod en polis i hans egen ålder på vakt och de kände igen varandra. Polisen var en gammal studentsångare som lämnat universitetsstudierna och nu mera direkt trätt i samhällets tjänst. De hejade på varandra och började samtala. Ämnet var självklart och polisen var inte svårbedd.

"Det är fortfarande oklart vad som hänt men det verkar som om två gäng har gett sig på varandra, extremister var och en på sitt håll. Normalt brukar de hålla sig undan från varandra, men den här gången smällde det till ordentligt när en oinbjuden medlem av ett gäng oväntat dök upp just när det andra gänget hade ölafton på Arimans. Inte så bra timing, kan man säga. Knappast någon provokation. Offret heter Josefsson och sitter i kommunfullmäktige för Sverigedemokraterna. Nu ligger han på lasarettet efter att ha blivit misshandlad."

Svanberg blev förvånad. Josefsson var en känd person.

"Dumt av honom. Borde ha väntat sig bråk."

"Han trodde väl att det var vanliga bråkmakare som han var van vid. Anade nog inte att det skulle bli skottlossning. Han blev rädd och sprang och gömde sig just här, bakom statyn, men där låg en främmande person och gömde sig. Vem var han och varför sprang han sedan sin väg? Typiskt exempel på att befinna sig på fel plats vid fel tidpunkt."

Polisen tystnade eftersom fler poliser närmade sig och Svanberg fick en snabb instruktion.

"Jag har nog sagt lite för mycket till dig, så håll tyst om det."

"Klart att jag gör".

Svanberg funderade. och beslöt sig sedan för att också tiga om sin egen observation häromdagen av en främling som tittade närmre på Lindbladstatyn. Kanske hade det begåtts ett mord där men inte ens polisen verkade veta. Det luftades så många olika idéer om vad som hänt och den sanna versionen skulle nog snart visas upp av polisen. Det kunde vara vem som helst som han iakttagit och därför ingenting som polisen kunde ha nytta av.

Han vandrade hem mot Gyllenkroks allé. Poliserna var försvunna redan när han kom till Stortorget och det var tystare än vanligt en fredagskväll som denna. Carolinas gäster hade säkert gett sig iväg nu och han skulle kunna ta sitt hem i besittning oberoende av både gäster och flyktade brottslingar.

Tankarna gick till det gamla korsvirkeshuset intill AF-borgen, Locus Peccatorum, platsen för ett uppmärksammat mord på 1800-talet. Den gången slutade det med att den skyldige som straff blev halshuggen. Så gick det inte till nu för tiden, tänkte han, men nog borde straffskalan för allvarliga brott skärpas ytterligare. Fast lagom. Svanberg gillade inte att det experimenterades för mycket när nya regeringar tog plats i Stockholm. Allt borde få förbli vid det gamla och endast långsamt bättras på. Festina lente var ett av hans favorituttryck. Men dödsstraffet var sedan länge borttaget, och det var han glad för.

10

Astrid Karlsdotter hade suttit bredvid sin man på lasarettets intensivvårdsavdelning och betraktat hur de olika instrumenten arbetade för att hålla honom vid liv. Läkare och sköterskor avlöste varandra. Skadorna i strupen hade visat sig allvarligare än man trott vid den första undersökningen i ambulansen.

En polisman hade avdelats för att bevaka Josefsson eftersom hans fiender var på fri fot och säkert fortfarande ville honom illa. Så småningom började de två viskande samtala med varandra. Polisen frågade försiktigt ut Astrid och hon svarade villigt.

"Håkan är världens snällaste, men han fastnade för några år sedan hos ett av ytterlighetspartierna efter ett bråk med knivskärning. Det ägde rum på hans buss och gärningsmannen slapp ifrån med villkorlig dom. Det domslutet kunde Håkan inte acceptera. Jag försökte tala honom till rätta, men det var omöjligt. Lika för lika och tand för tand, det blev hans evangelium. Och det var därför han blev politiker för Sverigedemokraterna."

"Vet du vilka det var som var efter honom i går kväll?"

"Ingen aning, men man har väl fantasi. Extremvänstern förstås. Han skulle möta mig på Ariman, men jag kom sent iväg från vår bokklubb. Jag hade fått sällskap med en annan av bokvännerna, och hon ville då och då stanna och titta i skyltfönster."

"Vem var det?" Kanske har hon sett något annat också. Vad heter hon?"

"Gullevi Ståhl. Hon är känd miljöaktivist och gillar inte överflödet i klädbutikerna."

"Var det inga andra från bokklubben som följde med er?"

"Nej, men jag har hört av dem efteråt. Lena Högberg och Ann-Sophie Larsson heter dom. Lena ringde mig på mobilen när jag satt i ambulansen och undrade vad som stod på, men det blev bara ett kort samtal som du kan förstå. De hade varit på Stortorget när skottet gick av. Nu var de på väg hem en annan väg."

"Lena Högberg, jag tycker att jag känner igen namnet".

"Hon blev känd på 80-talet när hon ledde en demonstration på universitetet för kärlekslivets frihet. Det var en fredlig demonstration, men det gillade inte rektorn. Den skulle röra upp känslorna hos studenterna som hellre borde koncentrera sig på sina studier, tyckte han. Numera har hon lämnat det revolutionära bakom sig. "

Polisen skrattade försiktigt och Astrid tillade

"Efter det så lugnade hon ner sig, gifte sig katolskt med sin chilenske sambo och började fördjupa sig i latinamerikansk litteratur. Läser du såna böcker?"

"Nej det blir inte tid för bokläsning när man är polis."

"Jag kan tänka mig det."

Det hördes pip från en av maskinerna och en lampa började blinka. Från korridoren hördes larmsignaler och personal kom rusande. Josefssons hjärta hade upphört att slå och trots alla försök att hålla honom vid liv kom dödförklaringen efter en halvtimme. Hoppet var ute och all apparatur stängdes av.

Astrid Karlsdotter hade varit beredd på det värsta och så blev det. Nu var det över, men det nästan lika värsta återstod, att visa upp sorg och saknad efter en person som hon inte längre kände något för, men som hon inte kunnat lämna. Hon lade sig genast att sova i det vilorum som sjukhuset erbjöd. I morgon måste hon vara utvilad, stark nog att möta alla prövningar.

*

I polishuset rådde febril verksamhet. Polismästaren hade redan på natten utsett en spaningsgrupp och lagt ledningen hos den erfarne poliskommissarien Anders Holst.

På förmiddagen samlades polisledningen i Polishuset för en första genomgång av händelseförloppet. Anders Holst fick ordet.

"Det gäller ett mord på en känd politiker, Håkan Josefsson, en av Sverigedemokraternas ledare här i Lund. Han avled i natt på sjukhuset efter ett strypförsök. Omständigheterna är fortfarande oklara. Det har funnits flera hot mot Josefsson men inte mot hans liv. Jag ska ta det från början.

Tidpunkten är ungefär 22.50 och det vanliga fredagsbråket har satt i gång på Kungsgatan, Café Ariman närmare bestämt. Vi hade en patrull där vid 22.30 och då var det så lugnt som man kan begära. Ganska nyktert, inget omhändertagande. Men när patrullen lämnat platsen blev det bråk och det drabbade Håkan Josefsson som misshandlades och sedan kastades ut på gatan varifrån han försökte fly in mot Lundagård.

49

Väktaren utanför restaurangen försökte avstyra det hela men misslyckades och sköt då ett skott upp i luften. Avsikten var att skrämmas och därmed avbryta misshandeln av Josefsson, men det blev utan resultat och denne jagades bort mot Lundagård. Där sökte han skydd vid Otto Lindbladstatyn, men till hans förvåning låg där redan en civilklädd man och tryckte i mörkret. Josefsson trodde det var en civil polis och uppfattade det som mycket turligt eftersom bråkstakarna nu närmade sig. Men han blev tillfrågad av den främmande om sitt namn och när han svarade blev han attackerad och utsatt för strypförsök.

Sedan kom polisbilarna och en ambulans körande på gångarna och då flydde förföljarna liksom den främmande mannen. De spred sig och försvann åt olika håll, så ingen är ännu gripen. Kvar blev Josefsson.

"Men hur vet du allt detta redan nu?"

"Josefsson var visserligen allvarligt skadad men kunde ändå identifiera sig på båren och berätta hur det gått till. Sedan förlorade han medvetandet och som vi nu fått veta har han tidigt i morse avlidit av strypskadorna och dessutom av en del hårda sparkar i magen. Hans uppgifter har bekräftats av våra kollegor som kunnat förhöra en del av vittnena och dessutom ambulanspersonalen."

"Då är det en mördare som vi letar efter", konstaterade polismästaren. "Och vad vet vi mera om Josefsson? Vad gällde bråket inne på Ariman? Vanligt slagsmål?"

"Det vet vi inte än. Förmodligen politik. Josefsson var en känd och aktiv Sverigedemokrat och säkert hatad av folk på vänstersidan. Vittnen finns men de är rädda och vågar inte säga något av risk för repressalier. Josefsson hade redan tidigare varit i bråk med politiska motståndare ute på högerkanten, fast inte så allvarliga. Han var sambo med Astrid Karlsdotter, känd sosse och anställd som stadsarkivarie här i Lund."

"En Sverigedemokrat och en sosse som lever tillsammans. Lite ovanligt, kan man säga!"

"Det tycker jag också", svarade Holst. "Men det förekommer. Sambon har berättat att de skulle träffas på Ariman. Hon var på hemväg från ett möte med en feministisk bokklubb nere på Gyllenkroks allé och hade sällskap med en av klubbens medlemmar som heter Gullevi Ståhl. De hann inte fram förrän skottdramat var över men Astrid hann följa med sin man i ambulansen."

"Bra jobbat, Anders! Politiskt gräl som slutar med skottlossning och strypning, det är fortfarande ovanligt i vårt land. Förresten en bokklubb med enbart damer, säger du. Fanns inga andra medlemmar av gruppen med i vandrandet hemåt. Kanske i närheten?

"Nej, de gick åt olika håll förstås, men två av dem var tillsammans på Stortorget när skottet smällde. Bara hundra meter från Ariman, men de blev skrämda av en polisman som rådde dem att ta sig hem en annan väg."

"Har du förhört dem?"

"Naturligtvis, men de hade inget intressant att berätta. De såg en annan civilist som i blind panik rusade förbi dem ner mot Södergatan."

"Det fanns säkert flera av det slaget", noterade polismästaren. "Vad hette de två damerna på Stortorget som var så lydiga mot polisen?"

"Lena Högberg och Ann-Sophie Larsson."

"Lena Högberg känner man ju till lite grann", noterade polismästaren. "Högintelligent. Såna damer ska man vara försiktig med. Bör undvikas. Ni kommer väl ihåg Lundakravallerna på 80-talet? Men det är historia. Nu gäller det vilka som jagade Josefsson. Har du inga uppgifter om gänget som förföljde honom, namn och sånt?"

"Nej, inte ännu", svarade Holst. Det var troligen tre stycken och de stack kvickt iväg allihopa. Det finns många vittnen inifrån caféet och som vanligt är de rädda och ingen av dem har sett något, inte heller caféägaren som är rädd om sina kunder. Han ringde i alla fall 112. Givetvis ska förhören återupptas. Det var ovanligt mycket folk där en sån här fredagskväll, så det tar tid att nå fram till alla. Det var visst nån gammal kung som skulle firas.

Vi eftersöker också den fjärde och okände personen, som redan fanns vid Lindbladsstatyn och gömde sig där. Det är oklart vilken roll han har spelat. Kanske är han en vanlig kvällsvandrare som blev rädd för bråket nere i Kungsgatan, särskilt när det drog in i Lundagård och att det var därför han gömde sig bakom statyn. Kanske missförstod han situationen när Josefsson dök upp och ville försvara sig mot denne, tog ett struptag som visade sig vara dödligt. Sparkskadorna pekar förstås också mot att det kan ha varit i självförsvar. Det är en teori.

Kanske var den där mannen ute efter Josefsson, låg och vaktade och fick honom oväntat serverad på fat. Han fick struptag på Josefsson och hann skada honom allvarligt innan förföljarna kom närmre och skrämde bort honom. Nu är han försvunnen. Vilka motiv finns bakom detta? Ja det är inte lätt att i nuläget veta. Kanske kan man gissa att motivet är politiskt. Josefsson hade fiender från olika håll i går kväll och kanske agerade de av helt olika anledningar."

"Det där verkar komplicerat", kommenterade polismästaren, "men det löser sig vid förhören."

Holst fortsatte sin redogörelse.

" Och därmed uppstår frågan om vem som ska betraktas som mördare och vem som bara var medhjälpare. Enligt Josefssons egen uppgift var det den där personen vid Lindbladsstatyn som verkade vänta på honom, så det får vi tills vidare hålla oss till. Men hur ska man se på förföljarnas roll? Misshandel naturligtvis, men kan man säga att de underlättade mordet genom sin förföljelse av mordoffret?"

Polismästaren kliade sig i huvudet.

"Det frågan får du ställa till åklagaren. Nu gäller det för oss fasttagande och identifiering av alla fyra. Oavsett skuldfrågan."

"Vilken röra", fortsatte polismästaren. "Högerextremisten Josefsson besöker Ariman, men möter där oväntat en grupp som misshandlar honom och jagar honom ut i Lundagård. Samtidigt gömmer sig där en okänd person som är ute efter Josefssons liv och försöker strypa honom. Eller så var det slumpen. Gänget på Ariman var väl det vanliga men hade de den här gången för avsikt att döda Josefsson? Tror du det? Kanske skulle han bara straffas för något han gjort och som var emot gängets intresse. Men den främmande strypmördaren? Vilket var hans motiv? Om det nu inte var självförsvar."

"Det är nog det mindre problemet just nu", tillade polismästaren. "Frågan är vart han tog vägen? Vi måste få tag i honom."

"Josefsson var vid medvetande när vårt folk hann fram till honom och han berättade att den främmande hade flytt västerut mot Kyrkogatan. Allt hade gått så fort och skadorna efter sparkarna och strypförsöket hade inte uppmuntrat vår kollega till något närmare samtal med offret. Läkarna satte genast i gång men tvingades prioritera strupskadorna. Till slut lyckades de ändå inte rädda livet på honom."

"Något mera"?

Alla skakade på huvudet och polismästaren avslutade mötet, tacksam över att det var den duktige Holst som skulle röra upp i den här röran, inte han själv.

"Då vill jag ha en ny rapport i morgon vid 8-mötet. Frågor från pressen tar du hand om, Anders. Berätta om fakta men undvik alla spekulationer kring mördarens identitet och motiv. Det sköter tidningarna själva om."

11

Carolina Svanberg blev djupt oroad när hon fick nyheten om vad som hänt på fredagskvällen inne i centrala Lund och som direkt berörde flera av hennes bokcirkelmedlemmar. Att Astrids man låg död på lasarettet berörde henne inte så mycket. Hon kände honom bara till namnet och att han var Sverigedemokrat eller något ännu värre. Läkarna hade inte lyckats klara av att rädda livet på honom, trots att ont krut inte borde förgås så lätt.

Vad skulle nu hända med hennes stora projekt? Skulle intresset hos medierna vändas mot Astrids mördade man och mot kriminaliteten i samhället. Den frågan skulle komma att dominera samtalen vid deras kommande bokklubbsmöte och det var inte meningen.

Helst hade hon velat ringa till Olga för att direkt få råd, men den vägen fick hon inte ta så det fick bli ett mail där hon berättade om vad som hänt.

Svaret kom nästan genast.

"Använd dig av det som har hänt till din egen fördel! Sitt inte och se på, utan samla deltagarna i cirkeln till ett kris- och solidaritetsmöte! Manssamhället har åter visat sin brutalitet så för upp maktfrågan som cirkelns främsta prioritet redan nu. Påbörja infiltrationen av andra kvinnliga ideella föreningar! Ju längre tid det tar för polisen att klara upp det här, desto bättre eftersom det ger mera tid för oss att hålla indignationen vid liv."

Carolina läste texten flera gånger. Olga var fantastisk. Hon såg möjligheterna och fastnade inte för svårigheterna.

En kallelse gick ut till bokklubbens medlemmar och redan på måndagskvällen kunde de åter samlas för ett extramöte i våningen vid Gyllenkroks allé. Även Astrid Karlsdotter hade inbjudits men valt att avstå. Nyheten om hennes mans död hade på Astrids begäran försenats men hade nu gått ut till pressen och skulle säkert leda till stort uppseende också ute bland allmänheten. Ett offer för en strypmördare, det lät uppseendeväckande och otäckt, men det var just det som Olga hade sagt att hon borde välkomna. Dessutom att förövaren var en man. Att även offret var en man behövde däremot inte framhållas.

Carolina blev ändå irriterad när olika frågor om Josefsson luftades i gruppen.

"Nu lugnar vi ner oss. Kaffet kallnar om vi fortsätter så här. Varför detta ståhej kring ett brottsoffer som säkert själv inte skulle ha tvekat att döda sin motståndare! Sånt inträffar varje dag. Varför denna upprördhet när det gäller en politiker. Josefsson kunde ha varit lärare, rörmokare, lagårdskarl eller vad som helst. Då hade mordet snabbt glömts av. Nu var han politiker, men inte särskilt känd, och då blir det genast en annan sak. Andra nyheter får vänta eller rent av strykas."

Någon slog på nyheterna på sin mobil och Carolinas missmod bekräftades. Händelserna i Lund på fredagskvällen var nu ute och förstanyhet i radion och TV. Vad som hände i Palestina och Ukraina fick inte plats.

"Nu måste vi samla oss", uppmanade Carolina. "Vi ska naturligtvis redan nu skicka en stor bukett blommor till Astrid och beklaga sorgen men sedan måste vi återuppta vårt arbete. Mordet på Håkan Josefsson visar i själva verket hur mäns maktövertag dominerar vårt samhälle. Typiskt nog var ingen kvinna involverad, och det säger en hel del om vårt feminina och fredliga väsen i motsats till männens mera våldsbenägna. Vi respekteras inte för våra kunskaper. Männen dominerar. Kvinnor måste kvoteras in vid val till landets beslutande församlingar. Vilken ära för oss!! Nej, våra visioner om en bättre framtid för alla måste gå längre än så, vi måste smida medan järnet är varmt, starta en folkrörelse mot männen. De härjar runt gator och torg, de berikar sig och ibland startar de krig. Överallt är det kvinnor och barn som får betala det högsta priset, alltför ofta är det med livet som insats."

"Men vad är det du vill att vi ska göra", undrade Gullevi Ståhl. "Jag är duktig på att stå i vägen för grävmaskiner och poliser, men beslutsfattarna på kontoren i Stockholm kommer jag inte åt. De skyddar sig bakom definitioner på demokrati som jag inte begriper. Och så pekar de på siffror från ett flera år gammalt riksdagsval. Vad har det med dagens opinionsläge att göra? Det som folket i dag verkligen vill ska bli gjort?" Gamla förlegade valresultat får inte spela någon roll i vårt moderna samhälle.

"Vi ska vara listiga, Gullevi. Vi ska själva och av egen kraft inta de där stolarna som beslutsfattarna nu sitter på. Vi ska tränga bort dem. Överta ledartröjan."

Det hördes bifallande ljud runt bordet och en diskussion följde där Carolina närmare förklarade hur klubbmedlemmarna gradvis skulle infiltrera olika organisationer, bli medlemmar där. Vara aktiva, argumentera, ta styrelseposter och så småningom från ordförandeposten kunna leda den rikstäckande organisationen i rätt riktning.

Någon nämnde Gudrun Schymans namn. Borde inte hon inkluderas i gruppen som sedan länge väl profilerad feminist och populär influerare? Och visst läste hon böcker. Men förslaget fick tummen ner av de andra. Schyman hade gjort sitt i rikspolitiken och borde inte störas i läsandet borta i Simrishamn.

Sammantaget var det ett flammande brandtal som Carolina hade hållit. Hon kände själv hur hon fick medlemmarnas uppmärksamhet och stöd. Applåderna smattrade efter repliken om Schyman.

"Då sätter vi igång genast, kära systrar! Jag har tittat på kalendrarna för olika enskilda föreningar, särskilt deras årsmöten. Röda Korset har årsmöte redan om en vecka och lite senare kommer Naturskyddsföreningen liksom Seniorföreningarna och Svenska Turistföreningen. Bli medlemmar där! Gör er viktiga för den nuvarande ledningen! Men ännu bättre, ifall ni har politiska intressen, är det att kandidera till poster inom de politiska partierna. Är ni redan medlemmar i något parti så är det jättebra. Ni vet själva vilka ni sympatiserar med, eller snarare de som ni avskyr allra minst. Vad gäller de opolitiska föreningarna kan ni vara medlemmar samtidigt i flera, det gör ingenting. Jag ska ge er en lista på dem. Bakom fasaden är de alla maktälskare."

Intresset visade sig vara stort.

"Man kan ju alltid försöka, det kostar ingenting annat än medlemsavgiften och lite mindre fritid", sade Sara Sjöblom och fick instämmanden. "Jag har själv en viss erfarenhet av föreningslivet. Om ni inte redan visste det."

Hon såg sig triumferande runt kretsen kring bordet, men ingen svarade.

"Vi ses igen någon gång på nyåret, såvida inget viktigt inträffar dessförinnan", sade Carolina Svanberg, stolt över att ha kunnat föra sin skuta över ett stormigt hav utan att drabbas av någon skada.

De skildes åt, uppfyllda av att ha fått vara med om något viktigt, ett projekt som skulle sätta spår långt in i framtiden.

12

Julen närmade sig och gatulivet i Lund blev livligare än under de trista novemberdagarna. Studentnationerna firade sina fester och kommunen lät fantasin flöda med 1800-talsliv på gator och torg som i centrum lystes upp av väsande gaslampor i varierande kulörer, medan vanligt folk ordnade spontandanser runt de kommunala julgranarna och barnen skränade kring Botulfsplatsens nybyggda karusell.

Politikerna i Lund fortsatte att kivas om lasarettets framtida placering och de nya avloppens inverkan på miljön vid Höjeå. I Malmö exploderade bomber och fyrverkerier i trappuppgångarna. Kyrkorna höll öppet även om nätterna.

Ja så uppfattades situationen av många. Att dåden utfördes av 14/15-åringar var förfärligt men det kändes ändå bättre än om de skyldiga hade varit vuxna kriminella med skägg och som säkert hade invandrat från sydligare länder med en annan kultur än den svenska.

För Lund var huvudsaken att brottsligheten inte letade sig in i stadskärnan utan höll sig till byarna runt omkring. Mordet i Lundagård var sensationellt och unikt. Det borde så förbli och utvecklades därför snabbt till ett mål för turisternas stadsrundvandringar när man väl hade beundrat Domkyrkan.

Polisens jakt på Josefssons mördare fortsatte men hade i brist på spår ännu inte lett till något resultat. I hans parti diskuterades i hemlighet olika hämndåtgärder. Man visste vad man trodde sig veta, och knivarna vässades. Polisens dagliga presskonferenser ledda av kommissarie Anders Holst upphörde efter några veckor eftersom ingenting nytt fanns att berätta. DN och SvD var först med att utebli men de lokala tidningarnas reportrar visade bättre uthållighet.

På Sydsvenskans redaktion beslöt man ta ett initiativ. En reporter fick i uppdrag att diskret och i viss konkurrens med polisen försöka förmå de många vittnena att äntligen ge besked om vad de visste. Mordet måste bli uppklarat och av den anledningen åter väcka uppmärksamhet, det var ett allmänintresse. Kommunala val väntade i en nära framtid och SD borde inte få dra fördelar av alla spekulationer om motivet för mordet.

Om polisen inte klarade sin uppgift borde tidningen komma till hjälp. Så hade man gjort förr och det hade den gången räddat upplagan. Varför inte också nu! Och dessutom den sittande politiska majoriteten.

Uppdraget gick till kriminalreportern Elsa Cronqvist, van vid liknande uppgifter från tidigare mordfall när hon var anställd på TV:s "Uppdrag Granskning". Hon inledde ett diskret samarbete med Anders Holst och gjorde det dessutom till en vana att några kvällar i veckan besöka Café Ariman och där söka närmare bekantskap med klientelet. För att undvika ovälkomna konfrontationer hade hon ibland sällskap med sin man Torsten, känd kroppsbyggare och idrottsman.

Det var på den vägen som hon efter ett blött nyårsfirande på caféet hade vunnit gästernas förtroende och nu kunde skriva ner namnet på en av de tre unga bråkmakarna. Han hette Jönsson och var liksom de andra student av den yngre generationen.

Hon lyckades finna honom på Smålands Nation under ett opinionsmöte om situationen i Palestina. Efter en promenad längs med Kastanjegatan hade hon under tysthetslöfte fått hans bekännelse. De hade varit tre och tillsammans hade de velat visa sin avsky för Sverigedemokraterna genom att jaga bort Håkan Josefsson från Ariman, men de hade inte räknat med att bli indragna i någon mördarjakt. Och mördaren var ingen som de kände, han tillhörde inte deras gäng. Efter den kvällen hade de ändå valt att inte längre visa upp sig på Ariman utan i stället sökt sig till andra lokaler för att undgå upptäckt. Så hade de rätt att göra, särskilt om de var oskyldiga.

"Men om du är så oskyldig som du säger, varför kan du då inte berätta det för polisen?

"Du begriper ingenting. Reaktionärerna har tagit makten i det här landet, polisen är fascistisk och det finns ingen frihet längre. Det är inte alls som på 70-talet då du väl var aktiv. Det var den goda tiden då man kunde göra vad man ville utan att bli straffad. Rektorn vek sig inför våra aktioner och folk applåderade. Men nu blir man jagad från universitetet och fråntagen studiemedlen.

"Visst minns jag", svarade Elsa. "Du har alldeles rätt. Det har blivit för jävligt nu på senaste tiden. Ingen yttrandefrihet, hårda tag från poliserna och den nya regeringen. Hårda straff och utvisningar. Det var bättre förr. Man kunde fritt demonstrera och politikerna var överens med oss. Jag var med om ockupationen av Akademiska Föreningen 1973. Vi satt uppe på Världens Tak, ropade slagord och sjöng

Internationalen. Poliserna vågade sig inte upp av rädsla för att bli nerknuffade.

Dessutom var jag med vid inlåsningen av rektor på hans tjänsterum senare det året. Och jag blev inte straffad, tvärtom! Rektorn tyckte själv att det var roligt och att han äntligen fick vara ostörd. Då fick han tid att skriva en inlaga till regeringen om behovet av feminism som ett särskilt läroämne vid Lunds universitet. Skickligt parerat!"

Jönsson var imponerad.

"Det där visste jag inte om, men hur som helst så är det annorlunda nu. Där är vi överens. Gör man sånt här och blir upptäckt så drar dom in ens CSN-lån. Det är rena stölden, och dessutom får man inte längre hyra rum i studenthusen. Fast på Smålands är det annorlunda och man kan lugnt bo kvar där."

Elsa höll med.

"Ja, Smålands är speciellt och det är viktigt att den nationen får vara kvar som hem för alla oliktänkande studenter."

Jönsson fick ökat förtroende för reportern och accepterade den redan tidigare erbjudna femhundringen.

"Klart att jag gärna vill hjälpa till att få det här uppklarat. Mördare måste infångas och polisen är på fel spår om de tror att vi är de skyldiga. Så du ska få våra namn och adresser, och jag litar på att du ger mig källskydd.

"Naturligtvis får du det, utan källskydd kan vi journalister aldrig väcka förtroende hos de intervjuade."

"Då litar jag på dig", sade Jönsson och gav henne de begärda uppgifterna.

Vid ett möte med redaktionschefen berättade Elsa om sina framgångar. Tre unga studenter, alla vänsterradikala, hade bekänt sina synder för henne. Deras solidaritet med existerande samhällsinstitutioner var begränsat men fanns kanske ändå kvar. De hävdade sin rätt att ingripa mot oönskade extremister på högersidan, särskilt när polisen inte var närvarande. Mördaren gick fortfarande fri och troligen fanns han kvar i närheten. De visste i alla fall ingenting om honom.

"Ska jag publicera nu, eller försöka få fram mera", frågade hon sin chef.

"Risken finns att vår konkurrent får tag i Jönsson. Det gäller att vara först. Och då gäller inte längre några gamla löften. Dessutom fick han ju en slant av dig, inte sant?"

"Jo det fick han", erkände Elsa och skämdes lite grann.

"Det är bra så här långt. Fortsätt gräv och hittar du den verklige mördaren så blir det löneförhöjning", lovade redaktionschefen

"Det vill jag nog ha skriftligt på", skrattade hon.

13

På Gyllenkroks allé hade Carolina inför julen ordnat kalas för sina bokklubbsvänner vilket inte hindrade att de också skulle diskutera en bok som hette Homo Affectus och som kritiskt gick igenom vad som hänt med den svenska välfärdsstaten efter dess uppgång på 1930-talet.

"Jag blev så förtjust i den", förklarade Carolina. "Den visar hur samhället runt omkring oss håller på att falla samman, att folk luras tro på lögner, att ingen vill se sanningen i vitögat och påbörja ett paradigmskifte fastän så många talar om det. Bara några få klarsynta har börjat tala om behovet av en revolution. Och jag håller med. Har något blivit riktigt smutsigt måste man ställa till med stortvätt."

Alla satt tysta en stund och tänkte efter. Carolina blev orolig för att hon kanske hade skrämt sina vänner.

"Jag menar naturligtvis inte revolution plötsligt och brutalt. Paradigmskifte låter kanske bättre. Jag menar bara att den här boken ger oss goda argument för att fortsätta med vår strävan att målmedvetet skapa ett bättre samhälle, gärna lite fortare om det behövs, Vi är ju inte odödliga utan vill själva få uppleva när det nya samhället tar form."

"Jag tycker det där låter kul", sade Maria Edelwärd. "Jag älskar revolutioner, sedan får du kalla det vad du vill. "Berg ska sjunka och djupen stiga upp", som det står nånstans. Men samtidigt ska vi ha det festligt omkring oss. Livet ska vara kul! Så länge det varar. Jag hänger med."

Marias ord följdes av ny tystnad.

Det blev Astrid Karlsdotter som tog till orda mot Maria.

"Det är inte alltid så kul med livet, särskilt inte när man har förlorat sin man som blivit offer för en mördare, men jag börjar komma över det nu. Det viktiga är att polisen äntligen måste få tips som avslöjar förövaren. Såvitt jag vet har de ännu inte kommit någon vart i sökandet eftersom vittnena inte vågar tala. Alla tror att mördaren fortfarande går omkring här i stan och kan tänkas vilja döda ytterligare någon som han ogillar."

"Usch vad hemskt", tyckte Maria Edelswärd. "Är du inte rädd när du är ute i mörkret?"

"Jo, det är jag. Särskilt när jag inte längre får ha kvar min pepparspray. Den var min trygghet, men nya lagar förbjuder oss att bära vapen."

"Jag förstår dig sade Thyra Lundgren. "Jag har själv varit med om något liknande."

"Gud så dumt", tyckte Maria om förbudet.

"Om jag bara visste hur man använder såna grejor skulle jag alltid ha en pistol i handväskan. Ska vi ha en revolution så måste vi ha riktiga vapen att genomföra den med, inte sant. Eller vad säger du, Carolina?"

"Jag vet inte vad jag ska svara. Vi borde naturligtvis alla ha rätt att kunna försvara oss mot karlarna med ett lämpligt vapen. Proportionerligt brukar man säga. Men vi är väl alla mot krig och därmed motståndare till upprustningen mot Ryssland. Precis som Jan Eliasson antyder när han syns i TV-rutan. Det är med goda argument och förhandlingar som vi ska försvara oss, det gäller både som individer och som medborgare. Det stämmer ganska bra med det som jag gärna vill att vi ska verka för i vår grupp. Ett bestämt uppträdande, ta makten från männen och till sist blir vi vän med Ryssland igen. Precis som vi var åren efter krigsslutet 1945. Det kommer ni väl ihåg?"

Carolina tittade sig oroligt omkring. Nu hade hon satt allt på ett kort, men blev snart lugnad. Alla höll med henne. Vägen till fred gick inte genom krig utan genom ökat samförstånd. Man måste förstå ryssarna. De är en kulturnation som fått en orättvis stämpel satt på sig. De är inte brutala kosacker som stormar fram över steppen i krig mot de västliga demokratierna. De är ett kulturfolk som producerat underbar litteratur och musik. Från ett sådant folk kan inget ont komma.

Astrid Karlsdotter viftade med handen.

"Jag håller med dig Carolina. Vi har varit orättvisa mot ryssarna. Jag talade ibland med Håkan om detta när han var hård i sina omdömen om de gamla kommunisterna här i Sverige. Han var förstås Sverigedemokrat, men det är likadant med de andra partierna, från vänster till höger. De hatar ryssarna utan att tänka sig in i dessas situation. Det gäller också polismakten som ser rysk infiltration varje gång ljusen i våra lampor slocknar.

Det har jag också sagt till polisledningen här i Lund när de letat efter motivet för att mörda Håkan. Det troligaste är att någon nazist är skyldig, men det finns inte längre så många av den sorten i Lund. Malmö ligger däremot nära oss, så länge det inte är stopp i tågtrafiken. Signalfelen skulle gott kunna hända lite oftare."

De fnissade uppmuntrande åt hennes metaforer. Astrid var fortfarande i sorg. men hennes humor satt kvar och det gillade de. Hon fortsatte.

"Polisen har kontaktat mig flera gånger under de här veckorna och frågat ut mig om Håkan och om troliga motiv för att mörda honom. Jag har inte vetat så mycket om det, inte haft någon teori, men de har prövat en massa vilda idéer om hans vanor och hans bekanta. Jag tror inte på någon av dem.

Men det är därför som jag blivit närmare bekant med spaningsledningen. De har velat veta mera om Håkans vanor och hans bekanta men jag har inte velat diskutera sånt som lätt kan uppfattas som nedsättande karakteristik av min avlidne man och hans omgivning. Vi diskuterade aldrig politik, han och jag, för då hade vi aldrig flyttat samman. Men jag kunde ju inte undvika att få reda på en del när han pratade i mobilen.

Någon gång kunde jag förstås hjälpa honom när han besökte stadsarkivet och ville läsa protokoll och sånt från kommunens sammanträden. Det har jag berättat för polisen men de var inte så intresserade utan ville bara ha uppgifter om hans fiender, inte om den politiska byråkratin. Som om de två intressena inte skulle kunna kopplas samman.

Polischefen heter Anders Holst och är väldigt trevlig, inte alls butter och otrevlig som man annars föreställer sig att poliser oftast är. Jag har stort förtroende för honom fastän han ännu inte kommit framåt i spaningarna. Vi är båda överens om att mördaren är en politisk motståndare här i Lund, sosse eller moderat. Det är ju de partierna som nu styr Lund tillsammans och det gillade Håkan inte. Båda partierna var hans fiender."

14

Inför den socialdemokratiska partikongressen hade Sara Sjöblom varit aktiv och via sitt medlemskap i arbetarkommun och partidistriktets styrelse fått flera av sina vänner att väljas till ombud från Skåne. Vid det slutliga nomineringsmötet i Malmö hade hon efter ett gott förarbete lyckats få med inte bara sig själv utan också Astrid Karlsdotter bland de till kongressen valda delegaterna. De hade talat för behovet av fred och Sveriges roll i den kampanjen, dessutom om kvinnornas nödvändiga plats i denna. Distriktsmötet hade tagit intryck och valt in dem.

Snart var det dags för kongressen och Carolina blev mycket nöjd när hon fick höra att deras insatser hade kommit så långt. Nu gällde det att få genomslag för deras åsikter innan kongressen i februari fattade beslut om de nya riktlinjer som partiet i framtiden skulle följa.

Hon hade i förväg gett sina cirkelmedlemmar förslag till talepunkter men förteg att hon inspirerats till dessa av förslag från en rysk väninna Olga Mironova. Initiativet var ju också hennes, men omstöpt till att passa förhållandena i Sverige. För övrigt var det ännu bara december och deras aktion behövde inte göras känd för allmänheten förrän om en månad.

Carolina ville inte binda sig till något särskilt parti. Liberalerna hade hon för länge sedan gått ur men behöll sympatierna för dem. Hennes egen fredsvänliga feministiska utrikespolitik skulle stå fri från dagspolitiken men kunna omfattas även av de andra partierna. För att uppnå politisk balans hade hon förmått de andra cirkelmedlemmarna att också engagera sig aktivt i sina egna partiers fredspolitik.

Maria Edelswärd var en av dem som hon undvikit, inte av ovilja, men eftersom Marias politiska åsikter var äventyrliga och svajade från dag till dag. Kvinnlig fredspolitik behövde inte vara tråkig men den skulle inte tåla frivola inslag från Marias sida.

Även Thyra Lundgren hade hon valt bort, fast med tvekan. Thyra röstade på Kristdemokraterna, och var en av dem som längtade tillbaka till Alf Svenssons tid, men hon hade samtidigt psykiska problem, var ibland synsk och såg spöken. Det här var inte platsen för vidskepelse utan en samlingspunkt för viljekraftiga kvinnor som visste vad de ville.

För egen del valde Carolina det opolitiska Röda Korset där hon redan var medlem och hade en position som en av de ledande i Lund. Den skulle hon nu utnyttja för de nya idéernas spridning till riksledningen i Stockholm.

*

Lena och Ann-Sophie hade bestämt sig för att prova det berömda julbordet på Skissernas Museum och det visade sig motsvara alla deras förhoppningar. De gladdes åt de traditionsrika maträtterna men föredrog kalkon framför skinka i ett försök att visa sig moderna. Vid val av dryck drog de sig längre tillbaka i tiden och valde svagdricka. Det smakade riktigt gott.

Samtalsämnet var givet, Carolinas feministiska maktpolitik. Det var Lena som började.

"Vad tycker du egentligen om Carolina och hennes förslag om att främja freden? Jag tände ordentligt på det när hon först framförde det i somras. Det var kul och det kom oväntat. Och så blev vi väl alla lite smickrade av att ha blivit utvalda av en kändis för att delta i ett så spännande projekt. Och åstadkomma något på riktigt.

Men nu känns det lite annorlunda. Vi drivs längre in i aktiviteter än dem som hon först förklarade var syftet. Borta är bokdiskussioner av hög kvalitet och intresset har i stället vänts till fredsaktiviteter som påminner om naiviteten hos gamla Svenska Freds som helst ville helt avskaffa det svenska försvaret. Vi ska väl inte bortse från att det är Putin som hotar oss?"

"Bra att du säger det rätt ut", svarade Ann-Sophie. "Jag har nog tänkt lite grann i samma riktning men du formulerar det så bra. Tycker du att vi ska lämna Carolinas skuta, och så blir det bara sju stycken kvar, som Agatha Christie skulle ha sagt."

"Det verkar logiskt, men samtidigt finns det en god avsikt bakom Carolinas plan eftersom hon vill minska den nuvarande manliga dominansen. Just i frågor om fred eller krig är orättvisan särskilt uppseendeväckande och vi kvinnor borde ha mera att säga till om. Så jag vacklar. Ska vi kanske föreslå Carolina att vänta och se hur det utvecklar sig i världen? Inte bry oss om några stora insatser för att nå ärones tinnar i något parti utan vänta och se. Det har länge varit en god och beprövad metod i den svenska reformpolitiken. Nato-medlemskapet var ett undantag."

"Carolina går inte att ändra på. Hon kommer att uppfatta oss som svikare och sabotörer. Nej vi måste nog bestämma oss, ja eller nej för att fortsätta hos henne. Säger vi ja kan vi göra det bästa möjliga av situationen och bidra till vettiga handlingsplaner. Och lyckas vi inte med det så hoppar vi av. Men först då."

Lena gav med sig.

"Du har rätt. Har man sagt A får man också säga B och inte sitta och vela. Senare kan det bli dags att hoppas av. Det är aldrig för sent."

15

Knut Broselius hade hållit sig gömd i flera veckor, nöjd över att så småningom ha kunnat se i en tidning att Håkan Josefsson var död. Han gladdes över att den här gången ha lyckats, men insåg åter att det hade kunnat sluta illa. En student med namnet Jönsson hade låtit sig intervjuas i Sydsvenskan och påstått att han och kamratgänget egentligen inte hade tyckt illa om Josefsson. Men denne hade vid tillfället inte visat tillräcklig respekt för deras åsikter och därför måste han straffas. Så enkelt var det. Några knytnävsslag och sparkar var väl inget att hänga upp sig på. Inte heller att bli bortjagad från Ariman. Josefsson hörde inte hemma där och polisen verkade ha förståelse för deras resonemang. Att det var struptaget från en främmande som lett till Josefssons död behövde inte ropas ut över gator och torg. Jönsson var ändå nöjd med sitt verk.

Broselius kände hur pulsen tog fart när han låg på sängen och funderade på Josefssons öde, men också olika andra saker som hänt honom själv i livet, vad som lyckats och vad som misslyckats. Särskilt tänkte han på hur nära det varit den här gången att han inte lyckats med sitt uppsåt. Allt hade varit väl genomtänkt. Planen var att vänta ut Josefsson när han lämnade Arimans, förmodligen darrig i benen. Tyst och stilla skulle offret tas om hand i en bakgård vid Kungsgatan eller i Lundagårds mörker, men de där studentlymlarna hade nästan lyckats förstöra alltihop. De borde straffas, i första hand den där idioten Jönsson. Och så var det kvinnan vid Stortorget. Vilken fruktansvärd otur! Det var ju Lena Högberg! Hade hon känt igen honom? Risken fanns.

I minnet dök nu åter upp kårdansen på Stora Salen i AF-borgen, det var kanske 40 år sedan, men han kom klart ihåg vad som hänt. Han kunde inte dansa men hade druckit bort sin blyghet och bjudit upp kårens vackraste kvinna. Hon hette Lena Högberg, det visste alla, men bara några få vann hennes gunst. Han hade länge gått och tjuvtittat på henne och när hon dök upp vid kårdansen tog han chansen när det inte fanns någon annan kavaljer i hennes närhet.

"Får jag dansa med dig", hade han sagt och vinglat en smula, kanske på grund av groggen med gin och tonic som han just stärkt sig med.

Hon hade tittat noga på honom och visat avsmak.

"Nä du! Jag dansar inte med fyllon."

Hon hade vänt sig bort från honom och genast blivit uppbjuden av någon annan. Förödmjukelsen var total och han hade inga vänner att ty sig till för att få tröst. Tyst sökte han sig undan i vimlet, hittade fram till tamburen och lämnade festen. Snart var episoden med den nekade dansen bortglömd av kamraterna. Några månader senare hade han åkt hem till föräldrarna i Eslöv, börjat hjälpa till i deras butik. Sedan hade det rullat på med andra intressen som tog hans tid. Han ville inte tänka mer på det förflutna, men nu hade det flutit upp till ytan.

Sängen knakade när han vände på sig, men numera var han försiktig och undvek häftiga rörelser. I nattens tystnad kunde annars en sen nattvandrare komma förbi på gatan och höra ljudet inifrån husrucklet, bli rädd för spöken och skvallra om sin upplevelse. Det fick inte ske. Adrenalinet rusade till och han kände att nacksmärtan kom tillbaka. Tyst intalade han sig att vara lugn. Än så länge ingen fara. Lund var lugnt, polisen var full av idioter. Ingen hade stört honom i det han nu åter med viss rätt kunde kalla sitt hem. Staden var sig lik. Snön hade fallit över stan och legat kvar ett par dagar innan den helt smalt bort. Men Knut Broselius var ingen dumbom och hade därför under flera veckor hållit sig inomhus i sin nyvunna bostad och följt de gamla kända varningsorden om vestigia terrent. Spåren förskräcker.

Inför nyåret hade lågtrycken rullat in från väster, dränkt Skåne med vatten men också tvingat temperaturen högt över det normala. När marken torkat upp kunde han inte längre motstå frestelsen att smyga sig ut i stan igen. Det nackonda plågade honom och han visste hur en lättnad i smärtan skulle kunna åstadkommas. Men med hjälp av vem? Och var?

Trängtan blev för svår och till slut smög han sig ut. Vad som helst fick duga och han sökte sig ner till järnvägsstationen som var full av folk, tog sig in på en perrong och betraktade människorna. Han borde följa en av många som skulle ta tåget hem efter jul men helst en som just hade anlänt och skulle till någon adress i stan.

Ett ansikte dök plötsligt upp i mängden. En man som han kände igen hade ställt sig närmast rälsen. Deras blickar möttes ett ögonblick och sedan försvann mannen ur sikte. Det låg oro i luften och folk trängde på. Han bestämde sig för att lämna stationen. Hit kunde han komma tillbaka en annan gång när chanserna att lyckas var bättre. Lusten hade försvunnit.

Broselius återupptog ändå sin avbrutna gamla vana, tillbringade dagligen några timmar på gatorna, läste löpsedlarna och kunde också följa nyheterna i den gamla radion som bortglömd stod kvar inne i garderoben. De ideliga bombdåden, vendettorna mellan gängen, knarkandet. De stred mot hans minne av Lund. På hans tid hade det också busats och skrikits, men det hade varit med stil. Inga bomber och skjutningar, inga meningslösa skadegörelser.

Fantasier om ett nytt liv steg upp i hans tankar, denna gång på lagens sida. Han hade gärna velat starta sin egen kampanj mot brottsligheten, döda gängnätens ledare, stoppa tillflödet dit av unga pojkar. Men han insåg att han med sådana insatser snart skulle bli avslöjad som ansvarig för sånt som han själv tidigare hade sysslat med. Den egna nyvunna friheten fick inte kastas bort för några andras skull, även om de vore kriminella. Hans egna intressen borde få komma i första hand. Lena Högberg fanns kvar och måste äntligen uppsökas och få sitt straff.

När vädret var lämpligt sökte han sig en dag tillbaka till Stadsbiblioteket, så välborstad och tvättad han kunde. Där vimlade det av folk och han skulle därför inte märkas så mycket. Dessutom med en basker som han hittat på trottoaren och som gav honom ett intellektuellt utseende. Men trots dessa ansträngningar och noggrann läsning i kommunens protokoll och gamla telefonkataloger kunde han inte finna vare sig Lena Högberg eller hennes namn. Kanske hade hon gift sig och tagit sin mans namn.

Broselius svor för sig själv. Han hade alltid föredragit ensamma kvinnor, utan eskort oavsett om de befann sig i hemmet eller utomhus. Men att Lena Högberg bodde kvar i Lund och förmodligen var gift, det kände han sig säker på. Skulle han hitta henne måste han ta risker för egen del för att lyckas med det som han föresatt sig.

I en container utanför Malmö Nation hade han hittat en gammal sliten väska av det slag som äldre studenter på hans tid brukade använda för att bära sina böcker i. När han en natt grävde djupare visade sig containern vara en guldgruva. Bland annat hittade han en stor påse med manskläder som någon lat student inte hade orkat bära iväg med till tippen eller Erikshjälpen. Framför den lilla spegeln i sitt rum konstaterade han senare att förvandlingen blev fullständig om han bara lät skägget växa och sedan ansade det.

Broselius var målmedveten och kunde inte släppa tankarna. Lena Högberg måste vara pensionär nu , men hon skulle inte få komma undan. Han måste finna ut var hon bodde, skugga henne och slå till när tillfället var lämpligt. Han behövde lite tur men någon gång borde hon fastna i hans nät. Därför lade han numera varje morgon upp en färdplan för dagens vandringar i stans centrum, men växlade mellan de olika stadsdelarna. ICA och COOP var platser dit äldre kvinnor sökte sig, gärna på morgnarna. Stationen och bussarnas centrala hållplatser likaså. Där vimlade det av folk och där kunde han lättare flyta in i mängden utan att bli uppmärksammad, och sedan osedd kunna fly.

Till en början undvek han Lundagård, medveten om det gamla talesättet att brottslingar gärna återvänder till platsen för brottet. Men till slut kunde han inte avstå från frestelsen och började med processionsgången mellan Kungshuset och Domkyrkan. Efter en runda på stan valde han att promenera i gången från Kyrkogatan och fram till Esaias Tegnérs staty söder om AF-Borgen. Försiktigt sneglade han in mot Otto Lindbladstatyn, tvekade, och gick sedan tillbaka för att komma närmare honom. Statyn var en magnet som drog honom till sig. Han kunde inte motstå den.

Det var sent på eftermiddagen, ingen belysning fanns på plats, ingen bevakning. Där var tomt. På avstånd skymtade några figurer i regndiset, på väg längs Sandgatan. Han tänkte efter. Varför inte använda samma plats som förra gången, men den här gången måste han välja rätt offer. Det skulle väcka stor uppmärksamhet och höja hans status, ge honom bekräftelse. Om hans hatobjekt närmade sig platsen och rörde sig förbi statyn skulle sydsidan vara utmärkt som utgångsläge för anfall. UFA. Broselius hade varit inkallad som infanterisoldat och lärt sig fackuttrycken innan han blev alltför besvärlig och därför hemskickad.

Nu stod han stilla några sekunder och tänkte ut sin plan men blev sedan orolig för att någon skulle lägga märke till honom. Han måste fortsätta vandringen så som turister brukade göra och valde att fortsätta ner mot Domkyrkan, betraktade de djupa gluggarna in mot de små fönstren i markplanet. De var många och passade utmärkt att krypa in i, särskilt för en småväxt man som han, kanske också för att gömma undan ett offer. Båda möjligheterna fanns.

Några studenter närmade sig och han blev orolig, måste genast gå vidare, se ut som om han hade ett ärende. Han valde Kyrkogatan för att återvända mot universitetet. På norrsidan fanns en trång gång som han redan tidigare i sitt minne hade markerat som lämplig för det ändamål som nu var hans. Buskarna växte tätt och gav ingen insyn.

Han rundade fontänen som låg stilla, tömd på allt vatten, tittade upp på sfinxerna, universitetsplatsens tysta väktare som han gillade. De skulle aldrig skvallra. På hans tid hade det på den här platsen alltid varit liv och rörelse. På dagarna var det studenterna som skyndade till sina föreläsningar och om kvällarna var det ofta konserter i aulan. På andra sidan fontänen lyste det ur fönstren till Café Athén, oftast även en trappa upp där Stora Salen låg. Överallt hade det varit skratt och glädje.

Det högg till i hjärtat när tankarna kom in på de förbjudna minnena. Han kände hur hatkänslorna steg upp längs halsen och smärtorna som åter dunkade i nackmusklerna. Lena Högberg fanns inte inom räckhåll, i varje fall inte för tillfället, men kanske någon annan, likgiltigt vem. Från Domkyrkans norra torn kom en klämtning och Broselius ryckte till, men lugnade sig sedan. Det var bara Knutsklockan som markerade att klockan var 21. Han bestämde sig för att detta var en god och uppfordrande signal från sin namne.

Mörkret under den stora eken vid Sandgatan drog honom till sig. Julbelysningen hade ännu inte tänts och han tittade sig omkring och väntade. Obeslutsam. Platsen låg öde men efter en kvart hörde han hur ytterdörren slog igen i Palaestra, fotsteg närmade sig. Det var någon som lämnat en kvällsföreläsning i förtid, tänkte han. Kunde det vara Lena? Blodet dunkade sin väg genom kroppen och han kikade försiktigt genom mörkret. Nej, det var inte Lena utan en kvinna i medelåldern utan likhet med den eftersökta. Han beslutade sig snabbt. Det kunde göra detsamma, nu när hans kropp krävde ett våldsoffer.

Bakifrån kastade han sig över henne, pressade ner henne mot marken. Nej ingen våldtäkt den här gången, även om det hade varit skönt. Den fick vänta tills han fått tag i Lena. Kvinnan skrek och det blev svårt att med högerhanden få fram snaran ur rockfickan samtidigt som den vänstra måste kväva oljudet. Hon var stark och kämpade emot.

När snabba nya steg hördes uppe från Sandgatan tvingades han ge upp och sprang snabbt tillbaka in i Lundagårds mörker. Ingen följde efter honom och snart var han i säkerhet på Mårtenstorget och kunde österifrån ta sig tillbaka in i sitt rum. På avstånd hördes ljudet av en ambulans, eller så var det från en polisbil. Det kvittade lika. Han var nöjd, även om han inte fått död på henne. Våldet hade den här gången inte varit tillräckligt. Men ännu en gång hade han haft tur och adrenalinutlösningen hade motat bort nacksmärtan, det var ju huvudsaken. Snart sov Knut Broselius fridfullt i den gamla järnsängen, omedveten om den stora polisjakt som just hade satts i gång.

16

En dag hade gått med intensiv spaning efter förövaren av det nya strypmordsförsöket. Polismästaren var inte glad. Mördaren var i farten igen, och denna gång hade han varit nära att lyckas i sitt uppsåt. För tidningar och opinion fanns det ingen tvekan. Våldsmannen vid Palaestra var samme person som för några veckor sedan lyckats ta livet av Josefsson. Det fanns heller inte någon tvekan om att polisen var oduglig. Polismästaren var inte lika säker som allmänheten på hur överfallet skulle tolkas. Visserligen hade angriparen i båda fallen använt sig av strypning för att lyckas med sitt dåd. Men kunde man säkert utgå från att det var samme person? Vad gällde allmänhetens omdöme om poliskåren så var han en luttrad man och brydde sig inte.

Kommissarie Anders Holst hade kallats till chefen för att ge en sammanfattande skildring av det lilla man visste om händelsen efter ett förhör med den våldförda kvinnan när hon hon hämtat sig från sin upplevelse.

"Hon heter alltså Sara Sjöblom och hade på onsdagskvällen som vanligt lyssnat på ett föredrag i Filosoficirkeln, en grupp som träffas varje vecka i auditoriet på Palaestra. Det hade varit en föreläsning om "Tro och vetande i AI:s tid". Men den hade dragit ut på tiden så hon gick i förtid och valde att gå i mörkret fram mot Sandgatan.

Plötsligt hade hon hört steg bakom sig och sedan blivit omkullvräkt. Det måste ha varit en man med stora kroppskrafter. Hon hade hunnit tänka ordet "våldtäkt" innan hon kände hur förövaren trädde en snara över hennes huvud och hon förstod att nu gällde det livet. Hennes skrik hade skrämt honom och han hade släppt henne fri, därefter flytt in i Lundagård, det trodde hon av ljuden att döma. Kanske sprang han i stället ner mot Kungsgatan där buset brukade hålla till. Men det var också bara en spekulation. Allt hade varit så förvirrat, människor som kom rusande från olika håll och ville göra konstgjord andning och andra som genast ville hjälpte henne på fötter. Till sist kom också en polispatrull. Den körde upp henne till lasarettet och där blev hon undersökt av läkare som inte kunde upptäcka några allvarliga skador, inte heller efter strypförsöket.

Jag ska kanske tillägga", fortsatte Holst "att den här kvinnan, Sara Sjöblom, vid förhöret uttryckte sig mycket kritiskt mot polisens agerande. Vi borde ha kommit tidigare och uppförandet mot henne borde dessutom ha varit hövligare. Hon upplyste att hon var personligen bekant med kommunalrådet, socialdemokrat liksom hon själv. Ja du förstår själv vad vi har att vänta oss."

"Det där ska du inte bekymra dig över, Anders Jag ska sköta om den saken med kommunalrådet. Vi är båda medlemmar i Rotary. Om hon börjar bråka om vårt beteende eller våra förseningar får hon inte mycket för det."

Borg kände sig lugnad och återgick till sin föredragning.

"Jag har också fått uppgifter om hennes personalia, född i Malmö 1972, gift med en tysk forskare på Kemicentrum som heter Wolfgang Hertz. Forskar om aminosyror. Själv har hon tagit över ett av de kända antikvariaten på Stora Gråbrödersgatan. Hon är känd för sitt stora engagemang i flyktingfrågor. Men också rätt känd bland litteraturvetarna vid universitetet och har skrivit några debattböcker. Hon skriver på en avhandling men den blir hon nog aldrig färdig med på grund av antikvariatet och hennes många engagemang utanför universitetet. Allt det här säger en av hennes pratglada vänner som jag har träffat."

"Och spaningen efter förövaren?"

"Sara Sjöblom är hittills det enda vittnet men har som sagt inte mycket att berätta. Bara att hon föll med ansiktet mot marken och aldrig hann se förövaren i ansiktet. Han höll tyst hela tiden och tryckte in en hand i munnen på henne för att få tyst på hennes skrik. Han använde handskar så det finns nog inget DNA på henne. Att det är en man är ändå självklart.

"Okey och tack för detta, avslutade polismästaren. "Vi får nog alla bereda oss på hård kritik från medier och allmänhet, särskilt om brottet kan kopplas till någon form av våldtäkt."

"Men så är det inte", invände Holst.

"Kanske inte för oss, inte ännu. Den skriftliga läkarrapporten har ännu inte kommit. Men fantasin flödar lätt i en småstad som vår. En kvinna hittas på en central plats och i mörkret ger sig någon på henne. Förövaren hade nog tänkt sig en våldtäkt, men offret kämpade så starkt emot att han gav upp och flydde. Det har nu skett två gånger och folk är inte dumma, de ser ett samband. Du måste erkänna att detta är det första man tänker på i ett sånt här fall. Sedan får utredningen visa på om tecknen pekar i en annan riktning. För mig är den eventuella kopplingen till Josefssons mördare viktig eftersom den strypningen ägde rum bara hundra meter från Palaestra. Tankeväckande, inte sant! Eller har slumpen varit framme? Det kan vara samme förövare, det måste också vi erkänna, men låt oss inte fastna i den teorin.

Nu sätter vi igång, Anders! Som vanligt får det bli fortsatt jakt efter vittnen, bekanta till offret och kanske också publiken på Palaestra-föreläsningen i onsdags. Kanske att förövaren var med där inne och identifierade sitt offer och sedan förföljde henne? Den här gången får vi inte misslyckas. Hoppas att eventuella vittnen är mera talträngda så här i juletid."

Anders Holst dröjde sig kvar och tog fram ett litet handskrivet papper.

"Som alltid efter ett mord så kommer det in en massa anonyma tips och de är nästan aldrig av något värde, men de måste ändå ges en viss tid för analys. Agnarna måste skiljas från vetet. Den här gången kom brevet i vår brevlåda redan tidigt i morse. Det är på flera sätt lite annorlunda, och jag undrar hur du tolkar det. Så här lyder det."

Han läste upp texten.

"Jag vet inte vem Josefssons mördare är men tror att han finns bland de radikala studenter som befolkade universitetet i början på 70-talet. Titta närmare på dem!"

Polismästaren skrattade.

"Gå inte på sådana tokerier, även om det är snyggt skrivet! Och inte har några idiotiska versaler. Det tyder på en vettig människa. Tipsaren är säkert en gammal vän av ordning som har tänkt till och nu sent omsider vill sätta dit en fiende från tiden för studentupproret. Kanske någon som med oschysta medel kom långt i studierna och därmed framgång i livet. Sådant har förekommit förr och skapar tankar om hämnd."

Holst signalerade annan uppfattning och polismästaren upprepade sin order.

"Du ska inte lägga ner någon tid på det här, i varje fall inte ännu så länge. Är det som jag tror så dyker samme tipsare upp igen efter några dagar och ger oss flera detaljer. Kanske till och med ett namn. Då kan det vara dags. Att nu utan vägledning från tipsaren leta bland alla avundsjuka stollar som finns kvar här från den galna tiden för 50 år sedan, det blir inte lätt. De är nu välanpassade och röstar på Moderaterna och i värsta fall på SD; fast det erkänner de inte. De är män i staten, klädda i kostym och kör omkring i Rolls Royce. De har lyckats i livet och förstår inte att detta långt i efterhand kan väcka avund."

"Du har säkert rätt", medgav Holst. "Jag reagerade också på den noggranna och sansade stilen som också kommer fram i pikturen. Anonyma brev brukar vara av helt annat slag. Tipsaren är försiktig, har inga fakta men vill ändå lägga fram en teori eftersom han är lojal mot samhället och vill hjälpa polisen, peka på ett möjligen fruktbart spår."

"Men vad tror du själv", frågade polismästaren. "Har du någon egen teori?"

"I brist på mera fakta är det bara tankespån. Ingenting får uteslutas. Visserligen inträffade de två mordförsöken med ganska kort mellanrum och brottsplatserna ligger bara hundra meter från varandra. Men motiven är helt skilda. Josefsson angreps av uppenbara politiska skäl, såväl av mobben på Ariman som den okände mannen vid Otto Lindbladsstatyn. Vad skulle det annars ha varit?

Men när Sara Sjöblom ett par veckor senare attackeras, då är det av andra skäl, kanske sexuell lust. Vi kan därför inte utesluta att det är två skilda gärningsmän utan kontakt med varandra. Ibland spelar tillfälligheterna in och då får man inte låta sig luras och fundera på samband som inte finns."

Polismästaren höll med sin nu lojale medarbetare.

"Det snackas om allmänheten som polisens bästa hjälpreda, men det är fel."

"Vad är det då, i så fall?"

"Det är slumpen. Ingenting som man själv kan tänka ut i förväg. Plötsligt händer det bara."

Holst skrattade.

"Det tar ifrån oss mycket av stoltheten när vi har löst ett mord. Vill du att jag ska sprida detta till kollegorna?"

"Nej inte alls. Behåll det för dig själv, men tänk efter om inte slumpen redan ligger gömd i ditt material och väntar på att bli upptäckt. Tänk efter!"

"Jag ska försöka. Sara Sjöblom är förresten medlem i samma bokcirkel som Astrid Karlsdotter, hustrun till Håkan Josefsson och jag fick igår ett telefonsamtal från en annan medlem i den cirkeln. Det var Lena Högberg. Hon hade en iakttagelse från kvällen då Håkan Josefsson blev mördad. Den där bokcirkeln hade haft sitt möte vid Gyllenkroks allé och deltagarna vandrade hemåt, var och en åt sitt håll."

Lena tog som vanligt sällskap med Ann-Sophie Larsson. När de kommit till Stortorget hördes skottet. De hade blivit rädda, kastat sig ner på trottoaren och väntat på om något mera skulle hända. En man hade då kommit springande uppifrån Domkyrkan och fortsatt söderut utan att säga ett ljud, men trots mörker och dis tyckte Lena att det var något bekant med honom, trots att ansiktet var dolt. Vem det var kunde hon inte säga men kanske var det något i mannens rörelseschema som hon kände igen.

"På de här svaga tecknen går det ju inte att efterlysa honom. Jag nämner det bara eftersom du efterlyste en personrelation, låt vara slumpartad."

"Du har så rätt, Anders. Men naturligtvis har du tittat på Lena Högbergs bakgrund. Vad finns där att hämta? Hon är en av damerna i den där bokcirkeln. Två av dem har direkt eller indirekt blivit drabbade av mördaren och flera av dem har rört sig i närheten."

"Ja, bokcirkeln och strypmordet på Josefsson ägde rum samma kväll, men det skapar väl inget orsakssammanhang."

"Du har så rätt Anders. Inte alls, men det är ju ändå lite lustigt. Hur var det nu med Lena Högberg och hennes bakgrund?"

"Hon är lektör på Bokförlaget Verbum som ger ut religiösa böcker. Men hon är också fritidspolitiker, kyrkofullmäktig för Moderaterna. Ganska konservativ, men på 80-talet var det annorlunda. Demonstrant för nästan vilka ändamål som helst. Nu är hon sosse och dessutom bokälskare och är med i flera litterära klubbar. Där finns en koppling till Sara Sjöblom. De är som sagt båda medlemmar i den bokklubb som brukar ha sina möten i en våning i Gyllenkroks allé.

Lena Högberg och Ann-Sophie Larsson var alltså på hemväg därifrån samma kväll och hade kommit till Stortorget när de hörde skottet från Kungsgatan och därefter såg en man rusa förbi."

"Det där låter intressant. Kunde de inte lämna något signalement?"

"Nej, i så fall hade jag genast berättat om det. Det var något i hans rörelsesätt som Lena kände igen. Annars minns hon inte hans utseende eftersom det var mörkt och småregnade. Hennes kamrat, Ann-Sophie, hade inte känt igen honom och hade inga andra iakttagelser."

"Här har vi i alla fall två kvinnor som möjligen har sett mördaren. En av dem har nu blivit utsatt för ett allvarligt mordförsök. Hänger de två händelserna ihop?"

"Det verkar otroligt men kan inte uteslutas", svarade Holst. "Jag ska kanske tillägga att Lenas man är en kändis som heter Calle Svennerud.

Han är turistfrämjare i Lund. Du ser honom ofta vandra omkring med utländska turister runt Domkyrkan och Lundagård. Ibland yttrar han sig i pressen om kommunens låga intresse för att visa upp de många historiska minnesmärken som Lund är fyllt av. Minnesplaketterna över Strindberg, Elin Wägner, Falstaff Fakir försummas. Men också platser som är knutna till moderna protester, till exempel huset där Jan Guillou och Peter Bratt en natt på 60-talet blev arresterade av Säpo. Och Socialhögskolans tak som studenterna ockuperade och vägrade att lämna. Och så nu häromåret Lundagård där Palestinademonstranterna slog läger och vi till sist blev tvungna att föra bort med våld."

"Du ska nog ägna dig mera åt de där två bokälskande damerna än den anonyme tipsaren. I varje fall tills vidare. Och studentrevolterna har väl ingenting med dagens brottslighet att göra, det menar du väl inte! Fast om tipsaren hör av sig igen så får vi kanske omprioritera. Lycka till!"

17

Mobilen surrade i fickan och Carolina svarade meddetsamma. Det var hennes väninna Olga som ringde från S:t Petersburg och ville önska god fortsättning.

"Detsamma Olga! Detsamma. Jag trodde att ni hade lämnat julfirandet bakom er och i stället satsade på andra högtider."

"Inte nu längre, Carolina. De där dumheterna från Lenin- och Stalintiden har vi lämnat bakom oss. Nu är vi tillbaka vid det gamla skicket och går i kyrkan som i resten av kristenheten, fast på det gamla sättet, den 7 januari. Levande ljus och ryskortodox sakral musik. Har du aldrig upplevt det på plats så ska jag gärna visa dig till någon av våra fina kyrkor där julfirandet snart är i full gång. Det ryska folket är ett mycket andligt sinnat folk, det ska du veta!"

"Klart att jag vet det. Men jag har gått ur den svenska kyrkan och då tycker jag att man ska vara konsekvent och inte tillfälligtvis smyga sig in igen, allra minst om det är en annan trosinriktning. "Nån jävla ordning får de va," som en gammal svensk kommunistledare sa en gång. Vi kan väl nöja oss med att stå utanför och lyssna."

"Som du vill. Ni svenskar är verkligen renläriga, men på ett konstigt sätt. Först avskaffar ni statskyrkan eftersom den representerar en gammal förlegad vidskepelse som måste sopas undan i ett modernt samhälle. Sedan är ni så respektfulla att ni låter den vara kvar och betalar dessutom för den. Och låter politikerna härja fritt och bestämma över det mesta i den. Men ni inbillar er ändå att det är en från staten fri kyrka som ni har skapat och är stolta över det."

"Så är det, Olga. För hundra år sedan ville vi avskaffa tronen, altaret och penningpåsen, men fortfarande gullar vi med med prästerna, kungen får sitta kvar och de ekonomiska klyftorna är större än nånsin. I ditt land har kommunismen avskaffats och det tycker jag är bra. I Sverige tragglar vi på med revisionismen, inbillar oss att vi lyckats, men får ingenting gjort."

Olga skrattade nöjt åt Carolinas historieskrivning.

"Och det är just därför som jag vill hjälpa dig till en förändring. För en sådan är väl nu på väg, även om det går sakta?"

"Man kan aldrig hejda historiens gång", svarade Carolina. "Inte ens i Sverige, däremot kan man skynda på den. Just nu håller mina flickor på med att förverkliga din idé om att förändra inriktningen av en rad organisationer, få dem att aktivera sig, att ta makten. Det har gått rätt bra. Politikerna och pressen har ännu inte begripit vad som är på gång här i landet. Det är därför viktigt att vi skyndar på innan de vaknar till liv och gör motstånd."

"Precis Carolina, precis. Det var därför jag ringde upp dig. Via andra kanaler har vi kunnat notera de framgångar i påverkansarbetet som du nu har berättat om. Ni är på god väg, men hastigheten måste hållas uppe."

"Hur ska det gå till", undrade Carolina lite besviket. "Mina flickor jobbar och sliter med att göra sig lämpliga för olika förtroendeposter. Det går undan och snart är det dags för årsmötena. Nästa år är det val. Då ska du få se!"

"Det tror jag visst. Men när ni har nått inflytandet, vad ska ni då använda det till? Sänka tullarna eller sprida en ny feminin syn på förhållandet till Ryssland?"

"En ny feministisk syn på Ryssland förstås. Men konkreta beslut, så långt har vi ännu inte tänkt. Vi måste väl vänta till dess redskapen är färdiga för användning."

"Naturligtvis", svarade Olga. "Du har så rätt, men den dagen kan komma mycket snart då kvinnorna i Sverige genast måste stoppa männen i deras aggressiva hållning mot mitt land och som motverkar fredsarbetet. Den svenska ledningens nuvarande planer går ut på att hjälpa den manliga reaktionens krafter som sätter självständighet för Ukraina framför behovet av att stoppa kriget och bli vän med Ryssland igen. De borde inte blunda för den kulturkrets som också Sverige tillhör och i stället sluta upp bakom Ryssland i försvar mot det barbari som redan tagit form i Natos agerande mot oss."

"Men viktigare för oss är väl att slå mot reaktionens krafter här i Sverige! Ni i Ryssland får väl slåss mot era egna härskare. Var och en av oss ska koncentrera sig på sitt eget revir."

"Naturligtvis. Men ni får inte bortse från kampen mot de yttre fienderna, Nato och EU. Allting hänger ihop. Kanske också Amerika under Trump.

"Jo det har du förstås rätt i. Hur ska vi göra, tycker du? När vi har fått makten, alltså."

79

"Varför vänta på demokratins långsamma inverkan på besluten. Handla nu! Påverka handläggarna i departement och ämbetsverk till att försena verkställigheten av alla reaktionära beslut, förhala, ja kanske till och med sabotera! Vapensändningarna till Ukraina förlänger ju bara eländet för det ukrainska folket som inget högre önskar än att få freden tillbaka. Handelssanktionerna likaså."

"Men då riskerar vi att få polisen på oss."

Olga var beredd på frågan. Nu gällde det att vara bestämd. "Vad gör det om någon av er skulle få lite böter? Ni kämpar ju för en rättvis sak! Tänk på suffragetterna i England, de var inte fega utan satte till och med igång med upplopp och mordbränder. I sista hand gäller det också för er!"

Carolina blev övertygad. Hon visste att det svenska samhället kämpade med mjuka vapen; och om så behövdes med blött krut, som någon hade uttryckt det. Att vara emot det etablerade samhället kändes rätt när hon tänkte på den orättvisa behandling hon tidigare hade fått i professorskonkurrensen.

"Du är fantastisk Olga! Kan du inte åka över hit och tala inför vår grupp?"

"Tack, men det får bli i ett senare skede, kanske. Just nu har jag så mycket att göra med andra kvinnogrupper, inte bara i Sverige utan i flera andra länder. Så det hinner jag inte med. Men det här klarar du själv, Carolina. Du har den rätta inställningen. Rapportera gärna till mig, men inte för ofta. Det kan väcka misstänksamhet i Kreml."

De avslutade samtalet och Carolina kände stolthet över att få medverka i det här hemliga spelet. Det hade hon inte kunnat ana vid det första samtalet med Olga i somras. Tillvaron hade fått en ny mening. Nu måste hon sammankalla ett nytt möte med gruppen när helgerna var över.

18

Återigen en dag utan resultat. Elsa Cronqvist hade i flera dagar suttit i en läsesal på universitetsbiblioteket och tröskat sig igenom tidningsartiklar och protokoll om livet i Lund de senaste 60 åren. Hade mördaren varit i farten också tidigare men att brotten sjunkit undan i minnet? Genomläsningen var en första nödvändighet eftersom polisen inte verkade ha varit inne på den vägen, inte intresserade sig för den. Anders Holst satt fast i tron att det rörde sig om en tidigare normal person som plötsligt blivit galen. Därför fanns det ingen anledning att söka efter honom i gamla papper.

Elsa hade glatt sig åt uppdraget från tidningsledningen, att i motsats till polisen lyckas klara ut de mord och mordförsök som hade skrämt upp hela Lund medan Malmöborna med alla sina gängskjutningar hånlog åt Lundabornas senkomna rädsla. Vilken triumf det skulle bli om hon lyckades!

Nu började hon misströsta och var trött och ledsen. Inget märkligt och användbart hade hon hittat, inte ens sedan hon med hjälp av Holst hade läst in sig på den hemliga polisutredningen. Den hade visat sig tunn och till föga hjälp. Inga spår utom från en anonym informatör som trodde att förövaren var en gammal överliggare. Mera var det inte.

Misslyckandet fick henne nu att agera på egen hand och skapa en ny plan för det fortsatta letandet efter den skyldige. Den var byggd mera på intuition än på fakta, men vad skulle hon annat göra när faktauppgifterna var så få och otydliga?

Elsa var övertygad om att mördaren var fast knuten till Lund och kände till åtminstone centrums alla vinklar och vrår. Troligen hade han sitt aktiva studentliv bakom sig. Kanske var han en pensionerad lärare med tidigare tjänst på universitetet som kände sig bortglömd och nu ville hämnas på yngre kollegor, gärna kvinnliga, som hade klarat sig bättre än han i livskonkurrensen. Dessutom frånskild eller änkling som inte längre hade en kvinna vid sin sida när han nu greps av depression. En man med starka lidelser.

Sådana personer var ganska vanliga och kunde sätta sina kriminella spår även om dessa ytligt sett tydde på ett stilla liv, någon som levde sitt liv under radarn. Elsas erfarenheter från tiden på Uppdrag Granskningredaktionen var gedigna och hon hade därför mycket nyttigt med sig i bagaget när hon för ett år sedan tillträdde reportertjänsten på Sydsvenskan. Den gamla kunskapen gällde fortfarande. Varelserna ute i mörkret var intressantare än de som låg innanför ljuskäglan. Natten var mördarens vakna tid av dygnet. Under de ljusa timmarna måste han bekämpa tristessen och hålla sig undan spanande blickar. Hon tänkte ofta på denna sanning. Varför gjorde inte polisen det också?

Efter mordförsöket på Sara Sjöblom hade rapporterna om misstänkta mördare blivit flera än någonsin tidigare i Lund. Många äldre satt nu långa stunder bakom låsta ytterdörrar och kikade ut genom fönstren för att registrera gatubilden. Rapporter om misstänkta figurer ute på stan vällde in till polisen, det hade Anders Holst berättat för henne. Det var normalt, och det var hans problem.

Nu hade hon skaffat sig en plan som måste följas upp, en road map, som man så gärna kallade det i Stockholm.

Var kan mördaren bo? Var tillbringar han dagarna? Han måste ju bo någonstans, inte på hotell utan snarare i ett bostadshus utan kontakt med andra människor som kunde lägga märke till honom. Han måste ha skydd mot regn och kyla men spår i snön behövde han inte frukta i Lund, dem tog klimatkrisen hand om. Mat och dryck var en nödvändighet, men varifrån skulle han ta dem? Hans situation var som de bostadslösa rumänernas. Särskilt nu i vintertid gav både kommunen och kyrkan övernattningsplatser åt de fattiga. Kunde mördaren utnyttja dessa? Det måste undersökas.

Elsa funderade vidare.

Kanske bodde han i en källare. Sådana var sällan besökta. Eller i en förrådsbyggnad. Även detta måste undersökas. Möjligheterna var många, och hon tvekade inte inför uppgiften även om den kunde väcka misstankar mot henne själv.

Nu hade hon tänkt färdigt. Från Anders Holst hade hon redan fått hans direkta mobilnummer och på egna vägar hade hon skaffat sig pepparspray ifall hon skulle träffa på någon ogärningsman. För säkerhets skull tog hon den nu med sig. Med hjälp av kommunkartan gav hon sig ut i Lund, tittade och frågade sig fram, men antydde inte vilket syfte hon hade. En vanlig turist.

De två brottsplatserna låg i centrum och Elsa vandrade runt på olika håll. Södra Lasarettsområdet bestod av flera tomma byggnader och hon kände efter om dörrarna till dessa hus var låsta. Efter en stund kom hon på att den spaningen var meningslös eftersom mördaren mycket väl kunde ha skaffat sig en egen nyckel.

Hon vandrade vidare mot Botaniska trädgården, där stora delar var avspärrade på grund av byggnadsarbeten, nu i vintertid utan synlig arbetskraft. Någonstans hade hon läst att Botan under 1800-talet var plats för stadens Red Light District. Detta låg fram till förra sekelskiftet utanför stadsmuren innan danska prostituerade letade sig över Sundet och förtätade stadens nattliv i centrum.

Hon tyckte det var äckligt men de ruckel som en gång legat där var sedan länge rivna och ersatta av blomsterprakt. Det tröstade henne. Söder om parken låg en kyrkogård men hon kunde inte tänka sig den som tillfälligt skydd för en mördare, inte heller för någon annan levande.

I stället vände hon av mot väster in i Kulturkvadranten som bestod av låga hus och innegårdar, ett trivsamt gytter av byggnader som i nutid säkert lockade till sig välbärgade boende med en borgerlig livssyn, liksom i Gamla Stan i Stockholm där de fattiga tidigare höll till. Men rika familjer kunde vara bortresta och ge plats för oönskade gäster. Allt borde undersökas.

Hon hittade en öppen port. Ingen människa syntes till, så hon vandrade vidare in på en gård omgärdad av bostadshus, vart och ett med sin egen dörr. Där fanns en gräsmatta med en liten sittgrupp omgärdad av träd och rosenbuskar. Längst bort ett brunmålat plank med en liten dörr som hon inte kunde motstå och därför öppnade. Framför henne låg en parkeringsplats, en perfekt flyktväg ut mot en annan gata ifall polisen skulle närma sig. Känd av mördaren?

Hon vände sig om och tittade tillbaka in på bakgården. Alla dessa fönster, de flesta utan gardiner. Inga dekorationer. Tomma ögon som tittade på henne. Vad gör du här? En gardin rörde sig och hon kände en rysning. Kanske var det mördaren som bevakade henne och ville utnyttja tillfället för att göra henne till ännu ett offer. Hon blev plötsligt olustig och gick snabbt tillbaka ut på parkeringsplatsen som var full av bilar. Där rådde mänskligt liv, till skillnad från andra sidan planket.

Elsa oroades av sina upptäckter och bestämde sig för att söka polishjälp för att leta igenom platser av detta slag som verkade passa väl in på de behov en flyende mördare måste ha. Nånstans måste han ju bo och kanske hade han mycket pengar så att han kunde vara betalande gäst i den här gårdsmiljön.

Rundvandringen i stan hade gjort henne hungrig och hon bestämde sig för att ta en matbit innan det mörknade. Ariman hette den restaurang som var central i polisutredningen och som hon i alla fall borde besöka. Den låg nära Domkyrkan.

Med ögonen öppna för bebyggelsens variationer och eventuella slumhus vandrade Elsa in mot centrum och hittade lätt fram till Kungsgatan, en liten gatstump som knappast förtjänade sitt namn. Där låg restaurang Ariman inklämd mellan andra och grå byggnader. Hon tittade in genom fönstret och såg att det var tomt och steg på, slog sig ner vid ett fönsterbord.

Här var det alltså som ett gäng vänsterextremistiska studenter i höstas hade kastat ut högerextremisten Josefsson och jagat honom in mot Lundagård och mot en strypmördares händer. En ren slump men så hade det gått till, enligt polisutredningen. Hon hade svårt att tro på det. Slumpen finns inte, den har alltid en moder som triggar igång den. Det gällde för Elsa att hitta denna moder.

En uttråkad kypare kom efter en stund ut från köksregionen men lyste upp när han märkte att han fått en gäst. Elsa beställde utan tvekan en pizza med en stor stark öl. Hon var ny kund och tillhörde inte det vanliga öldrickargänget, dessutom lite för gammal för att tillhöra den kretsen, men det här kunde vara en inträdesbiljett. Efter förtäringen kom hon i samtal med den nu pratglade kyparen och de hamnade snart i en diskussion om jakten på strypmördaren.

"Vad tror du", frågade hon.

"Jag tror ingenting", blev svaret. "Jobbar man på en krog så ser och hör man många saker och vill man behålla kunderna och livet så håller man käft. Nöjd?"

"Inte alls. Jag är bara turist och kom hit eftersom det stod en del om Ariman i tidningarna i höstas. Jag tycker det är spännande med en mördare som går lös, tycker inte du det också?"

"Klart att jag gör men inte tillräckligt för att prata bredvid mun och riskera livet."

"Jamen i så fall erkänner du att du har något att berätta, annars skulle du utan risk kunna sitta här hela kvällen och berätta för dina betalande kunder. Det verkar som om de håller på att fly den här krogen, kanske för att du är så rädd."

Han tittade på henne.

"Du är slug du, men okey! Jag är rädd. Vi har förlorat många kunder på det som skedde och då också det där studentgänget. Jag är bunden vid mitt kontrakt men ska ändå berätta en del för dig och sen är det upp till dig att avgöra om det ligger någon sanning i det. Här är tomt så ingen kan lyssna på oss. Det här stannar mellan oss två, inte sant."

"Klart att det gör. Det låter bra och jag begriper ingenting, så du kan sätta igång redan nu."

Servitören gick och fyllde på i hennes ölglas, Tog ett glas av starkare sort för egen del och satte sig ner vid hennes bord. Funderade en stund och skålade sedan.

"Den där Josefsson hade aldrig tidigare besökt oss. Han passade inte in i omgivningen, så att säga. Känd politiker, fel ålder, drack bara lättöl. Så du förstår att han väckte uppmärksamhet. Det märkte han nog själv och började prata med dem om vädret men fick snart frågor om Jimmie Åkesson och då höjdes temperaturen.

Någon gav Josefsson ett slag i huvudet, inte så hårt men tillräckligt för att han skulle fly ut på gatan. En grupp rusade efter honom och vår dörrvakt sköt då ett skott i luften. Det borde han inte ha gjort för då rusade alla ut och visste inte vart de skulle ta vägen men somliga sprang efter Josefsson in i Lundagård. Sedan kom polisen och då flydde allihopa. Hem till sig, antar jag."

"Det här var väl inget nytt", sade Elsa. "Det har alla kunnat läsa i tidningarna. Men där har inte stått något om vad han hette, mördaren uppe vid Lindbladsstatyn."

Servitören såg stolt ut.

"Men det vet jag, åtminstone hans öknamn! Han dök upp här tidigt i höstas och glodde in genom fönstret. Vid flera tillfällen. Min dåvarande chef gillade inte det och sa att den kunden skulle vi undvika eftersom han lätt blev våldsam. Dåligt ölsinne."

"Och vad var det han kallades", frågade Elsa otåligt.

Servitören tvekade.

"Jag vill inte ha något obehag för det här. Så håll tyst om det."

"Naturligtvis", svarade Elsa

"Enligt chefen kallades han för Banditen under studenttiden. Ville gärna vara med om studentdemonstrationerna men blev snart utkastad eftersom han lätt blev våldsam mot tjejerna. Inte på ett naturligt sätt, om man så ska säga. Han försvann från stan, precis som de flesta studenter brukar göra."

"Såg du honom också?"

"Jovisst, men det var från chefen jag fick bakgrunden efter mordet på Josefsson."

"Tror du jag kan få träffa honom? Har du hans telefonnummer?"

"Nej, han är tyvärr död, det är därför jag står här och håller ställningarna."

"Tråkigt", sade Elsa. "En sån otur! När hände det?"

"På Nyårsdagen".

"Och var?"

"På stationen. Han trillade ner framför ett tåg som var på ingående. Så det är jag som får ta hand om krogen till dess arvingarna hittar en ny krögare."

"Jag förstår."

Men det gjorde Elsa inte alls utan ringde nästa dag till Anders Holst och frågade ut honom.

"Jag har fått höra att krögaren på Ariman är död. Föll på Nyårsdagen framför ett tåg på stationen. Var det en olyckshändelse eller självmord. Eller kan det ha varit ett mord? Han var ju vittne till attacken mot Josefsson i november."

"Nej, nu ser du spöken, Elsa. Det var bara en tragisk olyckshändelse och dessutom med alkohol som påspädning. Det kunde ha hänt vem som helst, med mycket trängsel på perrongen och ishalka, som det var den dagen."

"Jag får väl ge mig då. Men håll med mig om att det är ett konstigt sammanträffande. Krögaren hade kanske något att dölja."

"Det är fritt fram att spekulera men i polisen måste vi ägna oss åt fakta."

"Fakta säger du, men har ni några nya av den varan?"

"Nej det måste jag erkänna. Det har vi inte."

Besviken lade hon på luren. Skulle hon sätta ljuset på den stackars krogägarens död i stället? Undersöka omständigheterna. Nej, det var polisens sak. Hon måste själv koncentrera sig på uppdraget som hon fått av sin chef i Malmö. Lena Högberg var uppenbart i fara. Det var på henne hon måste koncentrera sig, vara först av alla att kunna berätta om polisens fasttagande av brottslingen. Det skulle bli en riktig scoop för tidningen, men bara om hon hann före mördaren och räddade Lena Högberg till livet. Den uppgiften återstod. Öknamnet Banditen tänkte hon än så länge behålla för sig själv och forska efter hans rätta namn. Och sedan avslöja honom. Vilket scoop det skulle bli!

19

Det nya året innebar ett ökat militärt tryck mot Ukraina från rysk sida. Förlusterna var på båda håll stora och den ukrainska försvarsviljan sviktade. Carolina Svanberg uppfattade utvecklingen som positiv. Freden var nära. Men tvärtemot hennes förhoppningar ändrade den nye amerikanske presidenten plötsligt sin politik och lovade att kraftigt öka det militära stödet till Ukraina, på villkor att de europeiska bilfabrikerna drog ner på sin försäljning till USA.

Nu skapades förutsättningar för Ukraina att dra ut på krig och lidande för det egna folket i ytterligare flera års krig, Talet om fred inom 24 timmar hade tystnat, men vem vet, intalade sig Carolina, Trump hade ändrat sig många gånger förr så varför inte denna gången också. Men hoppet var svagt.

I Sverige beslöt den svenska regeringen att för sin del öka trycket på Ryssland. Biståndet till Ukraina fördubblades genom ytterligare leveranser av Volvo och Saab-fordon. Därtill kom flera JAS-Gripenplan som med svenska piloter aktivt skulle hjälpa till att pressa tillbaka den ryska ockupationsarmén. De flesta jublade, men reaktionen från Carolina Svanberg och hennes litteraturgrupp var den motsatta.

Hon ringde runt och kallade till möte redan nästa dag. Hennes e-postmeddelande fick rubriken "Most urgent" och alla infann sig i hennes våning vid Gyllenkroks allé.

Det blev en känslomättad diskussion där Carolina inledde med att framhålla det katastrofala läget för fredsansträngningarna och fick stöd för de åtgärder, ursprungligen föreslagna av Olga, som var nödvändiga. Fredsopinionen hade redan på olika sätt kunnat väckas och den aktiviteten måste fortsättas. Men det räckte inte. Nu måste fysiska åtgärder vidtas, främst mot vapenleveranserna. Kontakter som redan upprättats med arbetarna vid fabrikerna i Göteborg, Trollhättan, Bofors och Södertälje måste aktiveras. Det svenska krutet kunde göras ännu våtare, precis som den förra generationens kvinnor hade föreslagit på 1980-talet. Kvinnor och arbetare måste förena sig.

"Kontakterna med fabriksarbetarna tar ju du Carolina, men vad ska vi andra konkret företa oss", undrade Ann-Sophie. "Kanske borde vi ändå först avvakta vad regeringen säger och gör."

"Det är en alldeles för passiv taktik nu när vår hjälp behövs som bäst", svarade Carolina. "Nu är det dags att agera och inte bara prata. Vi har redan arbetat oss in i olika föreningars styrelser, vi har skrivit insändare i tidningarna, vi har samtalat med en massa politiker. Nu är det dags att gå vidare, till exempel med demonstrationer på gator och torg. Inte varje dag, för då blir det lätt rutin, men på särskilt uppmärksammade dagar då mycket folk samlar sig på torg och festplatser, till exempel Alla hjärtans dag den 14 februari och Internationella Kvinnodagen den 8 mars då folk ändå är ute på gatorna."

"Nationaldagen den 6 juni vore väl heller inte så dum", föreslog Maria Edelswärd och fortsatte.

"Lite våldshandlingar här och där ute på stan utan att det skadar någon, och på borggården talkörer för oss och mot monarkin. Och jag kan visa upp mig själv i det senaste Dior-plagget, mycket avslöjande det kan jag lova! En krigshandling också mot männen. Kvällspressen skulle inte missa det budskapet."

Somliga fnittrade men Carolina blev förfärad.

"Sånt där får absolut inte förekomma! Det skulle förstöra vårt goda rykte och vända folk emot oss, inte minst kvinnorna."

"Okey", svarade Maria. "Jag ger mig, det där med modeuppvisning är nog inte så bra i vårt fall. Jag är lite för gammal numera för att sånt ska kunna bli effektivt. Det vill till hårdare medel, till exempel ägg och potatis, och då hjälper vi samtidigt till att stärka modernäringen."

Stämningen runt bordet var muntert tveksam även till hennes andra förslag och Carolina pustade ut. Ingen hade hållit med Maria, bara åter fnittrat lite grann.

"Men ni andra, vad tycker ni att vi ska göra nu? Något seriöst och enkelt på samma gång och som ger snabb verkan."

Efter en stunds funderande föreslog Astrid att man skulle starta en kampanj mot försvarsföretagen, avråda från inköp av deras aktier, men hennes förslag underkändes av Carolina.

"Vi måste göra något som genast ger resultat, inte först om ett år. Vad säger ni om blockering av transportvägarna när stridsvagnar och kanoner ska forslas till utskeppningshamnarna? Det kommer att ge mycket publicitet."

Eva Wendelman vinkade med handen och alla lystrade eftersom hon mestadels brukade sitta tyst.

"Jag har ett annat förslag. Låt oss välja en av de värsta och mest inflytelserika krigshetsarna här i Sverige och sätta honom i förvar, ja som gisslan långt inne i någon av de kvarvarande skogarna i norra Skåne, inte som i Ryssland utan i ett bekvämt och uppvärmt källarrum och med hyfsat god mat. Jag känner till ett sådant som står tomt. Fortfarande i ganska gott skick fastän ägaren håller sig borta utomlands. Vi kunde börja med Volvochefen. Stor upprördhet från hans familj och gradvis i hela samhället skulle följa. Om inget händer från regeringens sida hotar vi att plocka in också andra makthavare, en efter en, till en liknande fångenskap. Jag tror att det skulle få en omedelbar verkan på politiken, känslan av ett snabbt ökande hot inte bara utifrån utan också inifrån. Gråtande mödrar och barn som inte vill se sin husfar råka illa ut skulle vädja till regeringen och till vapenexportörerna att ändra politik. Någon hårdhänt mothandling från polisens sida är föga trolig."

Evas förslag väckte stor förtjusning. Ingen kom med någon invändning.

"Då säger vi så", sade Carolina. "Och vilken av dessa förkastliga män ska vi drabba i första hand? Minst fem personer av den rätta ullen borde vi kunna fånga in. Men hur ska det gå till för att vi ska få tag i de här gossarna och var ska de förvaras?"

"Det har jag funderat ut redan, förklarade Eva. Först och främst lite spray av något sövande slag. Det kommer att göra susen. Och jag vet var jag ska få tag i det. Apoteket Svanen är välförsett."

"Okey, då får vi lita på det. Men vilka är det som som vi ska fånga in? Några förslag?"

Diskussionen blev het. Till slut enade man sig om de verkställande direktörerna för Saab och Volvo, försvarsminister Olsson samt en särdeles krigslysten reporter på Svenska Dagbladet. På Marias initiativ lade de till en känd pop-sångare, älskad av hela svenska folket. Han hette Hallborg. Ett bortförande av denne skulle ge ytterligare kraft åt gruppens krav på en ny svensk säkerhetspolitik.

Beslutet om gisslantagande stred visserligen mot gruppens icke våldsfilosofi men nöden hade i det här fallet ingen lag, förklarade Carolina. Något måste göras även om det var olagligt. Målet var det viktiga. Regeringen måste få känna av en stark press från hela folket och särskilt från de anhöriga. Krigspolitiken måste upphöra.

Men vilken väg dit gav bäst resultat? Räckte det med isoleringen ute i skogen? De kidnappade skulle kanske trivas med tillvaron och stressa av.

Astrid Karlsdotter kom på lösningen som var både effektiv och human och den gillades av alla.

"Vi sänker temperaturen i stugan. Nu ligger den väl på 22 grader men vi skruvar ner den till 18 grader och om regeringen inte gör som vi vill så sänker vi med en grad varje dag."

"Inte ända ner till noll! Det vore grymt", tyckte Thyra Lundgren.

En häftig diskussion utbröt om hur långt ner på Celsiusskalan man kunde gå och fortfarande vara human. Efter omröstning stannade gruppen för 10 grader. Hade regeringen vid det laget inte gett med sig skulle ett nytt beslut tas om ytterligare temperatursänkning. Det berodde på hälsoläget bland de då säkert mycket frysande männen i stugan.

En grupp ledd av Carolina bildades som gemensamt fick uppgiften att formulera budskapet i ett brev till statsministern . De stannade kvar i våningen medan de övriga cirkelmedlemmarna vandrade hemåt. Alla hade dessförinnan lovat att hålla tyst och vid eventuellt gripande vägra att ens identifiera sig ifall gripandena skulle misslyckas.

Men somliga hade inte varit lika positiva till beslutet. Lena Högberg hade från början varit tveksam till hela projektet men valt att hålla tyst. Hon gick ensam och bedrövad mot sin bostad i Professorsstaden. Hur kunde de andra stötta det här tokiga förslaget från Eva? Att bruka våld och ta gisslan var ett allvarligt brott som måste leda till fängelse även om de alla var tidigare ostraffade. För att inte tala om deras fortsatta sociala anseende här i småstaden Lund. Måste hon inte nu lämna gruppen och dessutom varna kamraterna mot att ryckas med i det här äventyret? Men i första hand borde hon kanske ta ett allvarligt samtal med Carolina Svanberg. Hon hade som gruppens ledare ett särskilt ansvar för att ha fört gruppen bakom ljuset om det egentliga syftet med denna.

Vintervädret i Lund var som vanligt ruggigt. Byar av snöblandat regn slog emot ansiktet och hon frös en smula trots sin päls. Hon skyndade på stegen för att snabbt komma förbi Domkyrkan där vinden alltid blåste extra hårt. Hon kom att tänka på mördaren som fortfarande var fri. Var fanns han? Kanske hade han valt den här kvällen för att jaga nya offer.

Det prasslade från en av Domkyrkans djupa fönstergluggar. Det var väl från höstlöv som samlats där, tänkte hon. Eller var det någon som gömde sig inne i gluggen? Lena tittade sig oroligt omkring och såg till sin lättnad hur en polisbil närmade sig från Kiliansgatan. Från kyrkväggen lösgjorde sig samtidigt en figur ur mörkret och försvann snabbt runt absiden.

Hon rusade mot polisbilen och viftade med armarna för att få uppmärksamhet. Upphetsad förklarade hon situationen och fick genast hoppa in i bilen som därefter körde över gräsmattorna fram till Klostergatans mynning.

Ingen flyende syntes till men via radion kallades ytterligare polisbilar till platsen för att poliser också till fots skulle kunna genomsöka området.

Kvällen slutade med att Lena efter ett förhör fick skjuts till hemmet.

20

En vecka senare slog polisen larm. Cheferna för Volvo och Saab hade anmälts försvunna av sina familjer. Enligt deras hustrur hade de, var och en på sitt håll, kallats till ett hemligt möte i Frankfurt för att tillsammans med övriga europeiska biltillverkare och regeringschefer. diskutera åtgärder mot den amerikanske presidentens kraftiga höjning av biltullarna. Det hade varit bråttom och de hade därför tidigt, var och en på sitt håll, hämtats med en bekväm hyrbil körd av en uniformerad kvinnlig tysk chaufför. Ingenting hade därefter hörts från dem. Kontakter med arrangören i Frankfurt gav inget resultat eftersom det beskrivna mötet var okänt. Men kanske var det bara så man sade därifrån för att kunna fortsätta hålla allmänhet och konkurrenter ovetande om mötet.

De två cheferna förblev försvunna och detta väckte stort uppseende. Nu måste polisen ingripa. Fanns de i Tyskland eller i Sverige? Kanske någon annanstans. Det rådde kris i bilbranschen och det ryktades om kommande konkurser. Hade cheferna försvunnit till något avlägset skatteparadis? En internationell efterlysning utfärdades men ledde inte till något omedelbart resultat.

Några dagar senare kom en ny efterlysning. Försvarsminister Olsson var försvunnen. Han hade bevistat ett möte i utrikesnämnden och bestämt sig för att trots det dåliga vädret vandra vägen hem till bostaden vid Valhallavägen. Något måste ha hänt honom på vägen dit.

Statsministern kallade redan nästa dag polisledningen och ett antal ministrar till ett krismöte på Rosenbad om försvinnandena. Säkerhetsåtgärderna kring regeringskansliet var rigorösa och stämningen kring bordet allvarligare än vanligt.

"Det här duger inte. Vart har Olsson och de andra tagit vägen och vem ligger bakom deras försvinnande? Polisen vet inget och förtroendet för regeringen sjunker dramatiskt ute i landet. Alla är upprörda över det som hänt och kan hända. Allt fler kräver regeringens avgång och tror att främmande makter håller på att ta över makten i Sverige. De flesta misstänker Ryssland och det är förstås naturligt i det nuvarande känsliga säkerhetspolitiska läget. Men det kan också vara Trump som har börjat älska våra järnmalmstillgångar, eller hur?"

Alla satt mållösa.

"Nej, jag menar inte det, men tänk på Grönland! Och tänk framför allt på våra försvunna vänner och bekanta som nu sitter fångna någonstans i en källarhåla och förväntar sig att vi ingriper och befriar dem. Om de nu ens är i livet. Deras fruar har blivit särskilt besvärliga och jag tvingas ibland lägga på luren när de har tjatat en stund.

Två av näringslivets allra viktigaste toppar är försvunna, likaså vår försvarsminister och det är allvarligt nog även om ingen är oersättlig. En känd sångare har också gripits men jag känner honom inte alls. I går kväll ringde redaktionschefen för Dagens Nyheter upp mig och berättade att deras stjärnreporter Lars Erik Rosenspetz hade blivit kidnappad någonstans under hans färd med bil från redaktionen på Marieberg till bostaden i Årsta. Bilen stod olagligt parkerad i en rondell vid utfarten från Västerbron. Hans fräna reportage om hur Putin omger sig av kritiska medarbetare har väckt uppseende och i går kväll var ryske ambassadören uppe på UD och hotade.

De fientliga skriverierna måste genast upphöra och Rosenspetz straffas för vad han skrivit, annars kommer Kreml att dra åt skruvarna ännu mera mot vårt land. Ambassadören specificerade inte. Kidnapparna har inte hört av sig, men det är säkert ryssarna som vill visa musklerna och skrämma oss. De vill att vi ska svika Ukraina och avstå från vidare upprustning. Vad ska vi göra?"

De satt alla tysta, djupt skakade av upplysningarna.

"Vi ska nog sitta still och vänta på att kidnapparna hör av sig och talar om vilka de är och vad de vill ha i utbyte", föreslog inrikesministern.

"Lätt att säga", svarade statsministern, "Hur länge dröjer det? Under tiden sprider sig upprördheten ute bland folket. Vi framstår som handlingsförlamade offerlamm och nästa år är det val igen. Det kan inte nog understrykas. Sveriges öde står på spel om vi förlorar makten."

"Det måste på allt vis undvikas", svarade den liberale partiledaren och fick medhåll av sina partikamrater.

"Nämn inte den risken", svarade statsministern. "Vi får aldrig förlora hoppet om framtiden. Gör vi det så är vi förlorade."

Han fortsatte

"Näringslivet, regeringsmakten och nu pressfriheten, det fria ordet! Det sista är allra viktigast i vår demokrati. Grundlagen förbjuder mig sedan länge att lägga mig i ämbetsverkens arbete och man kan fråga sig om det förbudet var så väl genomtänkt. Nu är det kris och jag måste inskärpa hur viktigt det är att de skyldiga blir fast, lagligt eller inte. De är rutinerade förbrytare och ifall ryssarna ligger bakom, så är det riktigt allvarligt. Vad säger rikspolischefen?"

"Ja vad ska man säga. Det här är mycket svårt. Kidnappningarna har genomförts synnerligen professionellt. Om de är utförda av ett kriminellt nätverk eller av ryska agenter, det är svårt att säga. Kanske får vi blicka åt andra hållet, mot Trumps USA. Nu när han fått ökat inflytande på Grönland vill han kanske göra likadant med resten av Nordkalotten och förekomma ryssen. Försvaga vårt demokratiska styre och därmed skapa en förevändning för amerikansk trupp att sätta sig ordentligt fast här i Sverige och förekomma ryssarna."

Utrikesministern ingrep i samtalet.

"Det där sista tror jag inte ett dugg på. Smörja! Analyser av det säkerhetspolitiska läget svarar jag och mitt departement för."

Rikspolischefen valde att inte svara på den kritiken men fortsatte

"Jag vill också nämna de olyckshändelser som på senare tid har drabbat försvarsindustrin. Både produktion och transporter av krigsmateriel till Ukraina har försenats. Kanske är det sabotage och inte tillfälligheter eller slarv. Vi har kommit att tänka på den möjligheten nu."

Statsministern blev upprörd.

"Att ni hade sådana allvarliga misstankar har jag inte fått någon rapport om tidigare, utom att media har berättat om det som olyckshändelser. Varför har du inte rapporterat om den här möjligheten? Det begriper väl vem som helst att där kan finnas ett samband."

"Vi såg det inte komma och då såg det inte så anmärkningsvärt ut. Olyckor i fabriker och förseningar i transporter inträffar ständigt. Med kidnappningarna blir det en helt annan sak."

Statsministern suckade och vände sig mot Säpochefen.

"Vad säger du då om det här, att det har kunnat ske utan att någon polis ingrep."

"Beklagligt, ytterligt beklagligt. Men vem hade kunnat tänka sig något som detta? Bolagscheferna hade inte känt sig hotade och hade därför bara statusmotiverade vakter i uniform och skärmmössa. Väl synliga. Med försvarsministern var det naturligtvis annorlunda och han hade ständigt beväpnade säkerhetsvakter som följde honom. Just kvällen för försvinnandet bestämde han sig för att han ville gå hem och plötsligt var han på väg mot Kungsträdgården. En polisbil följde efter men tappade bort honom i vimlet. Den körde då hans troliga väg mot hemmet på Valhallavägen, men dit kom han aldrig fram, försvunnen. Det kan ha skett tidigt under vandringen eller senare. Omöjligt att säga. Och vad gäller Rosenspetz var det inte aktuellt med någon bevakning. Hur skulle det ha sett ut? En omtalad stjärnreporter som får hjälp av Säpo! Den instans som han själv ofta bevakar."

"Nej jag riktar ingen kritik mot er", svarade statsministern. "Ni gör vad ni kan och har resurser till. Men än en gång, finns det inga spår efter förövarna, ingen antydan om vad de är ute efter?"

Statsministern möttes av huvudskakningar.

"Det här är de professionellt bäst genomförda bortföranden som jag nånsin hört talas om" upplyste rikspolischefen. "Inga amatörer har haft med detta att göra."

Det blev tyst kring bordet när det knackade på dörren. En tjänsteman klev in och överlämnade ett brev till statsministern som genast öppnade det och ögnade igenom det.

"Vad säger ni om det här?"

Han läste högt upp texten.

"Hej statsministern! Vi är ett gäng kvinnor som värnar om freden men också om vårt eget inflytande i de grupper, bestående enbart av män, som beslutar om allting här i landet. Det är inte demokratiskt. Dessutom blir det ofta fel beslut, just eftersom ni är män. Det finns saker som ni inte förstår, men det gör vi. Den nuvarande hatiska krigspolitiken mot vår nära granne Ryssland är det senaste och kanske farligaste exemplet på hur ni använder er makt.

Därför begär vi att ni omgående och kraftigt minskar vår vapenproduktion och upphör med leveranserna till Ukraina. Samtidigt bör ni meddela den ryske ambassadören att vi hyser varm vänskap för Rysslands ärorika folk, men kanske inte fullt ut för landets nuvarande ledare.

Som ni säkert redan har noterat har vi tillfälligt låtit desarmera några av era värsta krigshetsare och populister vilka dessutom har agerat för egen vinnings skull. Trots detta behandlas de väl av oss och kommer så småningom att få tillbaka friheten. För att skynda på deras frigivning skruvar vi nu ner värmen i deras nuvarande förvaringsplats. Än så länge klagar de inte så mycket men när temperaturen sjunker ner mot 10 grader och lägre känns det förstås inte så bra.

Gör nu ett offentligt uttalande om den ändring i säkerhetspolitiken som vi har beskrivit. Och gör det snart! Det är villkoret för att de ska friges. SMHI lovar riktigt låga temperaturer under veckändan.

Med vänlig hälsning också till de gripnas familjer,

Feminin samling

Statsministern tillät sig ett svagt leende.

"Kan det vara ett skämt, ett rätt roligt skämt i så fall, men så kan ingen av oss längre tycka när man tänker närmre på saken. Avsändare är några som kallar sig "Feminin samling"! Vad kan det vara för några?" Vad säger Säpo? Kan man ta dem på allvar?"

"Ingen aning", svarade Säpochefen. "Det finns fullt av feministiska grupper, stora som små och ofta har de liknande namn, men just detta har vi inte registrerat. Kanske är det något som vi har missat, eller så har någon av dem nyligen tagit sig det namnet. Jag ska genast instruera mitt folk och försöka hitta fram till vilka de är.

Troligen har de här fruntimrena lånat namnet från någon annan liknande grupp, men de uppträder alltid likadant. De är som myror från en myrstack och sticken från dem irriterar men inte på något allvarligt sätt. Inte på oss i Säpo i alla fall."

"De har i alla fall lyckats fånga fem svenskar i hög ställning", invände statsministern. "Säkerheten har brustit, det kan du inte förneka."

"Nej, så är det", svarade Säpochefen. "De har haft tur, en rent förbannad tur. Det verkar otroligt att de skulle ha varit kompetenta att genomföra de här kidnappningarna. Men de tycks ha haft kännedom om de fångnas planer för dagen. Några i deras närhet måste ha skvallrat. Vi ska snarast försöka finna vilka de är och jag hoppas kunna ge besked inom kort."

"Det här är känsligt", varnade statsministern. "Glöm inte att uppgiftslämnare är skyddade av lagen! Undersök inte individer, det kan straffa sig, men däremot alla vänstergrupper som sysslar med fredspolitik eller är i närheten av det. Och kvoteringarna i näringslivet! Är männen så dominerande över kvinnorna som dessa påstår? Det kan vara bra att veta inför den politiska debatt som kommer och där jag kommer att ställas till svars. Det gäller balansen mellan de två kriterierna vid tillsättningar, jämlikhet och kompetens. Fast det där har vi ju diskuterat många gånger i vår krets, men kanske sedan inte gjort så mycket åt det."

"Vi ska göra allt vi kan, det lovar jag", svarade Säpochefen och fortsatte

"Sedan Schymans tid har det rört sig upp och ner med feminismen här i landet. Just nu verkar de vara särskilt livaktiga ute i föreningarna och är på väg att ta över makten i olika organisationer till exempel LO och seniorförbunden. Ett tecken på det är också att vi på senare tid fått så många önskemål, alltid från män, om säkerhetskontroller också av kvinnliga kandidater till de ledande posterna i olika myndigheter. För någon tid sedan var det någon som tyckte att det var oproportionerligt många kvinnor i Svenska kyrkans styrande organ, men det är ju ingenting vi kan lägga oss i. Egentligen inte heller de som kandiderar till poster i de politiska partierna, men undantag förekommer förstås. Deras vandel får partierna själva klara av."

Säpochefen tittade försiktigt mot statsministern, medveten om det känsliga i agerandet.

"Det där sista hörde vi inte", förklarade denne med bestämd röst.

"Återstår då huvudfrågan men nu med vetskap om att det är feministerna och inte ryssarna som ligger bakom allt det här. Ni får analysera situationen och återkomma med förslag. Ska vi gå dem till mötes?"

Frågan möttes med tystnad och statsministern fortsatte

"Jag ska kanske nämna att jag i morse hade ett samtal med kungen och framlade problemet för honom som det då såg ut. Han var bekymrad och sade att han funderade på att avgå. Jag vill gärna tolka det så att vi bör lämna ett avvaktande svar."

Ministrarna tittade vilset på varandra.

"Vi måste tänka på reaktionerna i andra länder", sade utrikesministern. Kungens svar gör ett starkt intryck av svensk beslutsamhet och väcker respekt i huvudstäderna, både i Washington och Moskva. Men av olika skäl. Att Olsson och de andra får sitta kvar och frysa lite grand kan inte vara anledning nog att offra vår själ i det spel som nu försiggår ute i världen. Låt gossarna sitta där de sitter. Det går tydligen ingen nöd på dem."

Utrikesministern tittade sig omkring och statsministern stödde hennes uppfattning.

"Då bestämmer vi oss för utrikesministerns förslag. Men gör inget uttalande, så får de tro vad de vill."

21

Kaffet stod färdigt framme på bordet och han plockade fram en låda med pepparkakor. Elsa noterade att detta var den bästa bekräftelsen på den knarrige chefens för dagen goda humör. Näst bäst var enbart kaffe och sämst var det ifall bordet var tomt när anställda på tidningen satt i besöksstolen. Hon behövde i dag inte använda det gamla knepet om att fråga efter hustru Signes hälsa. Det ledde ofelbart till en lång monolog om de skickliga läkarna i Malmö som räddat henne till livet och säkert vid behov skulle göra det igen.

"Var så god och ta för dig. Signe har bakat dem."

Elsa noterade den nya bekräftelsen på chefens goda humör. Det skulle nog behövas när hon kom med sitt ärende.

"Jaha Elsa, vad har du rotat fram för smuts i dag då, och som du vill ha besked om det går att publicera?"

Det var den vanliga inledningsfrasen.

"Problemet är att jag inte har hittat något alls av värde i den uppgift jag fick av dig. Alltså polisens misslyckande i fallet strupmördaren. Att för tidningens del hitta honom när polisen tycks ha lagt ner utredningen är svårare än jag trodde. Det har gått en månad och inte heller jag har hittat något spår, utom uppgiften att han kallades för Banditen när han var ung i Lund. Men det räcker inte som identifiering, om det nu verkligen är Banditen som är mördaren. Det vet vi ingenting om."

Redaktionschefen tog en ny pepparkaka och funderade.

"Har du tröttnat och vill ha en ny specialuppgift?"

"Nej, egentligen inte. Jag kan vara envis, men tiden går. Kanske kunde jag få ett kompletterande uppdrag. Jag har faktiskt ett förslag."

"Och vad skulle det vara?"

Hans ögon hade smalnat men hon fortsatte oförfärat.

"Jag vet att det låter tilltaget men det har ju blivit ett jäkla liv i vänstern kring skärpningen av vår Ukrainapolitik, om vapenhjälpen och nu beslutet om flera förband och flyg till Finland ifall det skulle bli ett ryskt anfall. I Trollhättan har någon redan saboterat lastbils-tillverkningen och i Bofors ligger kruttillverkningen nere sedan ett stort förråd har förstörts genom en oväntad översvämning. En organisation verkar ligga bakom de här aktionerna, förmodligen politisk. Det kan vara Svenska Freds men polisen säger sig ingenting veta. Den spaningen skulle jag vilja ta hand om för vår tidnings räkning."

Redaktionschefens bistra ansikte sprack upp i ett stort leende.

"Det här gillar säkert inte Säpo, och naturligtvis inte heller försvarsledningen som alltid väljer tystnaden som arbetsmetod. Men det gör inte jag. Hur skulle det då se ut i vårt samhälle! Hugg för dig Elsa! Smörgåsbordet väntar på dig, och då menar jag inte pepparkakorna. Här finns säkert flera hundar begravna. Ta för dig och Lycka till! Du har fria händer."

*

Vid ungefär samma tidpunkt gjorde Karl-Erik Svanberg en upptäckt, som han borde ha tänkt på långt tidigare innan han skrev ett meningslöst anonymt brev till polisen. Det hade motiverats av hans lojalitet med den rådande samhällsordningen och vilja att dela med sig av det lilla han visste. Han hade då inget konkret bevis för sina misstankar, bara en allmän känsla av hur mördarens bakgrund i Lund kunde ha sett ut. Han hade letat lite grand i de statliga och kommunala arkiven men inte hittat något av intresse. Det retade honom att han inte kunde identifiera den där gangstern. Men en dag kom han att tänka på Akademiska Föreningens arkiv. Där samlades studentnationernas dokument och bilder, stort som smått. I varje fall var det så på den gamla goda tiden då den vänlige gamle arkivarien, själv ett levande arkiv, basade i AF:s källarvåning.

Det hade tagit honom några eftermiddagar men nu låg bilden och artikeln framför honom på skrivbordet. Det var ett ex från 1959 av Smålands Nations dåvarande och kortlivade försök att ge ut en konkurrent till studentkårens Lundagård. På en bild från en tydligen blöt båtutflykt till Dyrehavsbakken i Köpenhamn hittade han plötsligt det han sökte. I en däcksstol med glas i handen och cigarett i munnen låg mannen, delvis dold av en ljusreflex. Det måste vara han. Ansiktet syntes klart och tydligt. Han var känd som överliggare redan då och av okänd anledning kallades han Banditen. Dopnamnet var det ingen som brydde sig om.

"Javisst ja! Det var Banditen han kallades. En framgång. Men vilket var hans riktiga namn?"

Svanberg tog en bild av fotot och letade sig sedan fram till nationens räkenskaper för det året. Som väntat fanns där en namnlista på deltagarna i utflykten och uppgift ifall betalning hade skett. Nationen hade chartrat en däckad passagerarbåt och priset hade varit måttligt även med hänsyn till den tidens penningvärde. 50 kronor, därtill sprit som såldes tullfritt. Det måste ha varit attraktivt. Han mindes svagt berättelser om hur vid återresan stämningen ombord hade blivit så livlig att kaptenen måste låsa in sig på kommandobryggan för att befria sig från nya och självutnämnda styrmän.

Antalet listade deltagare hade varit 69 och Svanberg hittade snabbt Banditen som fanns med i listan, men bara under sitt smeknamn. Han hade tydligen inte betalat för sig och betalningskravet därefter avskrivet.

Det fanns mycket mera att titta igenom och många minnen väcktes till liv, men till slut gav Svanberg upp och lämnade tillbaka pärmarna till föreståndaren. Banditen hade tillhört Smålands Nation, men fortfarande var hans namn inte avslöjat. Inte heller gick det att ana hans motiv för en eventuell kriminell verksamhet i senare tid. Kanske var det han som återvänt till sin ungdoms stad. Men var det han som var mördaren? Det var fortfarande bara ett hugskott.

Svanberg skämdes en smula över sitt tilltag att skriva anonymt till polisen. Nu var han i alla fall inne på den vägen och kände att han måste fortsätta att dela med sig av sin kunskap. Polisen måste få de kompletterande uppgifter han hade om Banditen. Kunde denne återfinnas och förhöras men därefter frias skulle i alla fall en misstänkt kunna läggas åt sidan. Fast då fanns det kanske ingen annan misstänkt kvar. Det var sorgligt men han själv hade i alla fall gjort sin plikt som rättsinnig medborgare och skulle nu göra det ännu en gång.

Dagen efter anlände ett nytt anonymt meddelande till polisen.

"Den eftersökte mördaren kan möjligen vara "Banditen", en överliggare som tillhörde Smålands Nation 1959. Foto bifogas. Nu vet jag inte mer."

Brevet nådde Anders Holst och han gick genast in till chefen och visade det. Polismästaren var imponerad.

"Du hade rätt. Nu har den anonyme brevskrivaren hört av sig igen och vi har fått ett foto, om det nu rör sig om rätt person. Vad har du tänkt att vi ska göra? Efterlysa honom tillsammans med fotot eller bara förse varje polis med det i hopp att Banditen ska bli igenkänd?

Anders funderade ett tag.

"Jag tycker vi ska göra det första, men inte säga att det är mördaren vi söker, bara en person som försvunnit från sitt hem. Sedan får vi se hur svaren ser ut och hur vi ska gå vidare."

"Klok som vanligt Anders. Gör precis så."

22

"Det här har vi verkligen gjort bra", sade Carolina Svanberg när hon i sin bostad hade samlat de fem medlemmarna i arbetsgruppen för Feministisk Makt som de börjat kalla sig. Förutom sig själv hade hon valt ut Maria Edelswärd, Sara Sjöblom, Astrid Karlsdotter och Eva Wendelman. Ann-Sophie Larsson och Lena Högberg hade dessförinnan undanbett sig medverkan men hade lovat att hålla tyst.

De hade delat uppgifterna mellan sig och flera av dem hade visat sig vara oväntat värdefulla i den roll som väntade. Maria var särskilt uppslagsrik och talför i det skådespeleri som krävdes när den berömde sångaren Henrik Hallborg nu senast skulle gripas.

Synen av en vacker men hjälplös kvinna som vinkade bredvid sin bil gick inte att motstå ens för en ensam man utan några skumma avsikter, inte heller Henrik Hallborg. Utan någon som helst tvekan hade han genast stannat inför anblicken av en tilldragande dam vars bil inte ville starta. En sömngivande spray som Maria Edelswärd hade fått från Evas apotek hade gett snabb verkan och den kände trubadurens resa hade därefter kunnat fortsätta i Marias bil ner till Vittsjö i norra Skåne, där den ensligt belägna stugan var belägen. Den visade sig vara försedd med ett hobbyrum som tack vare de nya skyddsrumsreglerna nu var omöjligt att fly ifrån.

I samma stuga hade tidigare placerats också de två bilbolagscheferna samt försvarsminister Olsson och reportern Rosenspetz. Även i dessa fall hade offren varit i sovande tillstånd och berövade sina mobiler.

"Som Kumla", hade Maria försäkrat sina medsystrar. "Men nu finns det inte plats för flera. Det går ingen nöd på dem. De lyssnar på nyheterna, spelar pingis på dagarna och på kvällarna poker. De verkar ha blivit goda vänner."

Nu var de ansvariga damerna tillbaka i Lund, alla utom Eva som det här dygnet hade bevakningen av fångarna inne i Vittsjöskogen på sin lott.

"Vad gör vi nu då", frågade Sara Sjöblom. Hon och Astrid Karlsdotter hade på begäran fått mindre brottsliga uppgifter att utföra än de övriga. Matlagning och tillsyn var viktiga göromål och skulle delas mellan dem alla. Ingen skulle kunna säga att de gripna blivit omänskligt behandlade. Carolina hade av samma anledning också hjälpt till även om hon själv tyckte att ledningsansvaret borde vara tillräckligt för hennes del. Som vanligt hade hon svar på alla frågor.

"Vi ligger helt enkelt still, sysslar med våra vanliga uppgifter, går på föredrag, umgås med vänner, spelar teater när så behövs. Och vi fortsätter att tycka gräsligt illa om de där förfärliga kidnapparna som snarast måste gripas. Sådana borde förbjudas."

De skrattade alla belåtet och deras samtal kom in på andra ämnen.

"Hur är det med jakten på strypmördaren", frågade någon. "Har polisen kommit någon vart"?

"Inte vad jag vet", svarade Carolina. "Lenas upplevelser vid Domkyrkan förra veckan ledde inte till något gripande så kanske var det bara inbillning."

Sara invände genast. "Du läser inte tidningen ordentligt, Carolina. Polisen har gått ut med en efterlysning. De söker en försvunnen man som kallas Banditen, en överliggare, troligen i 70-årsåldern, men hans riktiga namn är inte känt. Det är ovanligt med efterlysningar på det sättet i tidningen. Tänk om det gäller strypmördaren! Någon som känner igen öknamnet? Vi tillhör ju samma studentgeneration, fast jag kommer inte ihåg honom. Gör ni?"

Astrid ingrep i diskussionen.

"Jag tror jag kommer ihåg att Håkan nämnde det namnet. Han hade i folkskolan haft ett bråk med en kamrat som senare fick öknamnet Banditen för någon förseelse. Det hängde kvar tills de blev studenter och skildes åt. Han försvann visst uppåt landet."

Hon bearbetade sitt minne.

"Och javisst, de bodde grannar nånstans här inne i stan."

"Då borde du meddela polisen om det här. Uppgiften kan säkert vara till nytta och snäva in sökfältet när de letar efter honom."

"Jamen, vi kom ju precis överens om att ligga still och då ska vi väl undvika polisen!"

"Jag tycker tvärtom, svarade Carolina. "Ett besök hos polisen med värdefulla uppgifter gör oss ännu mer sympatiska och oskyldiga i deras ögon och det gäller då också våra politiska aktioner ifall vi skulle bli misstänkta. Och du Astrid vill väl av egna skäl hjälpa till att få din mans mördare gripen, inte sant?"

"Jo det kan du ha rätt i."

Astrid blev väl mottagen när hon samma dag fick tid hos en frustrerad poliskommissarie Anders Holst som nu väcktes till nytt hopp av hennes budskap. "Du ska ha stort tack! Nu har vi i alla fall ett motiv. Banditen som kommit tillbaka till Lund träffar av en tillfällighet sin gamle fiende på Ariman, alltså din man Håkan. Banditens minne vaknar, kanske också Håkans och det blir slagsmål. Några studenter på vänsterkanten känner sig motiverade att delta så din man känner sig tvungen att fly ut i Lundagård. Han förföljs och vid Otto Lindbladstatyn kastar sig Banditen över honom och försöker strypa honom."

Astrid hade invändningar.

"Kan det ha gått till så? Jag trodde att den där stryparen redan fanns på plats vid statyn när Håkan kom dit och sökte skydd."

"Ja så framställde Håkan det själv, men då måste vi tänka på att han fick mycket allvarliga skador av strupgreppet, inget syre till hjärnan. Det påverkade hans berättelse för ambulanspersonalen den korta tid han hade kvar vid medvetande och därför måste vi ta detaljerna i hans vittnesmål med en stor nypa salt. Men det här är den stora bilden."

Astrid var tveksam till den förklaringen men ville inte debattera med polisen. Huvudsaken var att få fast hennes mans mördare.

Holst som insåg svagheten i sin hastigt påkomna teori valde att ursäkta polisens svårigheter i brottsbekämpningen. De var för få och saknade själva tillräckliga resurser. Han hade extra anledning till klagan eftersom rikspolischefen skickat några chefstjänstemän till Lund för att på plats förhöra den lokala polisen om varför strypmördaren ännu inte hade kunnat gripas. De var nu på väg. I Lund tyckte man att orsaken låg i den otillräckliga tilldelningen av personal. Man behövde mer personal. Det höll man med om i Stockholm, men försvarade sig där med den egna bristen på resurser och att deras egna poliser redan var fullt upptagna med de försvinnanden av höga ämbetsmän och populära kändisar som skett på senaste tid."

Holst gav Astrid en kort redogörelse för hur besvärlig situationen var med kidnappningarna.

Den kände artisten Hallborgs försvinnande vållade allmän upprördhet men värst var tidningsvärldens våldsamma reaktion på kidnappningen av reportern Rosenspetz. Det fria ordet var i fara om letandet efter denne inte gavs högsta prioritet framhölls det i flera tidningsledare. Det tyckte också politikerna. KU-förhör var att vänta och kanske en regeringskris. Och inför allt detta måste polisen försvara sig.

"Livet är inte lätt, det ska du veta."

Astrid lyssnade uppmärksamt och ställde några frågor. Poliskommissarien som vantrivdes med spaningssituationen var inte nödbedd. Han berättade för henne att kritiken kom från alla håll och att statsministern tagit intryck och krävde resultat av polisen såväl vad gällde mördare som kidnappare. Men inga spår hade ännu hittats, inte heller spår av författaren till utpressningsbrevet. Hur länge kunde detta fortsätta?

Rikspolischefen hade i en intern skrivelse inte kunnat ge något svar men framhållit att polisiära framgångar på andra håll därför måste redovisas snarast möjligt. I denna ambition hade rikspolischefen fått regeringens fulla stöd.

Säpoinspektörernas besök i Lund skulle börja redan nästa förmiddag och Astrid fick därför redan nu följa med Holst när han i en polisbil körde runt stan för att som förberedelse titta närmre på tänkbara områden där strypmördaren kunde tänkas hålla sig dold och lämpliga för besök av inspektörerna från Stockholm. Kanske skulle då flera detaljer om Banditen vakna i hennes minne. Koloniområdena hade polisen tidigare glömt av och dessa blev nu särskilt noga undersökta, ändå fann man inga spår, inte heller i centrala Lund. suckade Holst.

"Han kan väl ha slagit sig ner i någon annan del av stan än där han höll till i barndomen när han lekte med Håkan", tyckte Astrid och Holst höll med.

"Det har du förstås rätt i, men vi har ont om resurser redan för den normala verksamheten med fyllon och bråk och inbrott. Och så kommer en sån här stor sak när alla krafter borde koncentreras på vad ryssarna kan tänkas göra och redan gör. Det är nästan som att man kan ana en avsiktlig avledningsmanöver från deras sida."

Astrid var inte van vid militärens taktiska funderingar och förstod därför inte riktigt vad Holst menade, men höll med.

"Jo det gäller att hålla sig på vakt mot alla otäckingar som skapar oro i vårt land".

Hon tog avsked av Holst och vandrade till sitt kontor i Rådhuset. Ingen fara, jo hon skulle ändå vara på sin vakt, det hade hon dessförinnan lovat sin nyvunne polisvän. Samtidigt tänkte hon ångerfullt på det projekt som Carolina hade lockat henne med i, men som det nu var för sent att dra sig ur. Fast de andra hade inte visat något dåligt samvete, så varför skulle hon? Bäst att liksom Carolina skratta och gå vidare med den feministiska aktionen. Strypmördarens verksamhet var något helt annat.

Men var den det? Hon tänkte efter. Flera av bokklubbens medlemmar hade på något sätt drabbats av denne; hon själv naturligtvis men också Sara och Lena. Kanske också Ann-Sophie. Var det flera, fast de hade hållit tyst? Skulle någon av dem bli hans nya offer? Hon själv? Nog såg det ut som om det fanns ett samband. Detta borde också polisen kunna se.

Det började mörkna och hon kände sig olustig. Temperaturen låg kring noll och det hade börjat snöa. Tunga, blöta flingor som hade börjat falla över centrum. Typiskt för Oxens tid. Hon kände ingen arbetslust och beslöt sig för att i stället gå hem. Det var för övrigt dags ändå. Hon kände trygghet så länge hon gick på gatorna i den centrala stan, genom Adelgatan och in på Tunavägen. Men denna sträckte nu ödsligt ut sig framför henne och som vanligt kröp också dimman fram när kvällen närmade sig.

Hon tittade sig omkring och fixerade Botaniska trädgården som hon just hade passerat. För ett år sedan hade hon inte tvekat men nu hade hon inte den minsta lust att gå in där. Var inte Botan ett attraktivt gömställe för en mördare? Till sin lättnad såg hon hur en polisbil långsamt närmade sig söderifrån och stannade bredvid henne. Var polisen henne och hennes systrar på spåren?

"Hej", sade polisen vid ratten. "Det är väl du som är Astrid Karlsdotter?"

Hennes hjärta bankade. Det var som hon hade fruktat. Feministaktionen var avslöjad och nu skulle hon gripas, men inte utan strid. "Neka till allt" hade Carolina instruerat dem att säga.

"Jovisst är det jag", svarade hon glatt och väntade på anklagelsen och ordern att stiga in i baksätet. Den andre polisen hade klivit ur bilen och verkade göra sig beredd att gripa tag i henne. Hon spände musklerna.

"Vi hoppas det är bra med dig. Polisledningen har gett oss order att på avstånd följa dig så att ingenting händer, så som det hände med din man Håkan Josefsson. Du är ju i farozonen. Beklagar sorgen, förresten. Om du vill så kan vi köra dig hem. Det är inte så roligt att gå ute i det här vädret."

Hon kunde andas ut.

"Javisst, gärna. Vad snälla och omtänksamma ni är."

"Det är vi alltid svarade polisen, "men den här gången har vi faktiskt order om att se efter dig om vi upptäcker dig under patrulleringsuppdragen."

De stannade vid hennes hus och medan hon grävde fram nycklarna fick hon besked att hon även nattetid skulle få bevakning eftersom hon bodde ensam.

Borde de inte också bevaka också de andra systrarna, särskilt Lena, tänkte hon. Nej, hon skulle inte säga något. Ingen anledning att skrämma upp dem. Den ledtråden fick poliserna själva nysta fram."

23

Upprördheten och rädslan över att en mördare gick fri i Lund hade visserligen fått påspädning av debatten kring de ryska avsikterna mot Sverige. Men det här var för mycket för gemene man. Kända svenskar hade kidnappats, kanske som gisslan. Av vem? Många trodde att det var ryssen som varit framme. Ingen av gisslan kom från Skåne men ändå syntes poliser och polisbilar jämt ute i stan, dag som natt. Alla förstod att det var sökandet efter mördaren som i första hand motiverade polisens aktivitet. Den insikten hade också Knut Broselius fått och han höll sig därför utom synhåll, dold i sin studentlya i centrala Lund.

Ett nytt skäl för hans försiktighet var den efterlysning som polisen hade spritt över staden och där ett gammalt foto på honom fanns med. Det var nästan 50 år gammalt men för den som kände honom från den tiden var det nog igenkännligt. Men vad gjorde det, tänkte han? Ingenting eftersom han i dag såg helt annorlunda ut. För säkerhets skull ville han ändå inte ta några risker, inte nu. Polisen och allmänheten skulle snart tröttna. Andra frågor skulle dyka upp, Kriget i Ukraina, Putins hot mot Sverige. Klimatkrisen som skulle drabba Skåne med översvämningar. Kaos.

Broselius lade sig lugnt ner på sängen och satte på radion. Det var dags för den ordinarie nyhetsutsändningen som han sällan missade. Förstanyheten var sensationell. Ett nytt utspel från Putin och nu gällde det Gotland. Här gällde inget köperbjudande utan ett direkt krav på överlämnande av hela ön.

Enligt den ryska historieskrivningen tillhörde Gotland från början den nordiske vikingen Ruriks välde, men blev senare ett byte som Sverige och Danmark tidigt roffade åt sig och slogs om. Den tyska Hansan hade också varit med i det spelet, men i dagens läge spelade den inte längre någon roll. Av säkerhetsskäl var det naturligt att ön nu återgick till sitt ursprungliga hemvist, menade den ryske ledaren. Östersjön skulle åter bli ett Fredens hav.

Broselius gamla rysshat vaknade. Han hade alltid varit politiskt medveten och på senare tid hade han i radion följt alla debatter om de ryska hoten och nu senast om kidnappningarna av kända svenskar. Regeringen borde inte mumla i skägget utan begripa att ryssen låg bakom alltihop. Agera, tänkte han i ett plötsligt uppflammande rysshat! Blodet rusade till och han kände hur smärtilningar letade sig uppåt i nacken. Minnen från förr dök upp. Som ung gymnasist hade han tidigt lärt sig att tycka illa om ryssarna. Nu fanns det nya skäl för detta. De var jordens avskum och deras medlöpare i Sverige borde utvisas till arbetarnas paradis i öster och där få dela den lycka som kommunismen i Sovjetunionen hade skapat.

Liksom så många gånger förr infann sig i minnet den strame gymnastikläraren som med sin piska hade tvingat sina elever till stordåd på löparbanan, men som dessutom hade talat med dem om Carl XII:s segrar ute i Europa. Om vikten av att hålla sig stark och beredd, att det var deras fosterländska plikt att försvara landet ifall det åter skulle bli krig. För den sakens skull hade han bildat ett frivilligförband av unga män som ännu inte var mogna för värnpliktstjänstgöring. Om kriget kom skulle de komplettera hemvärnet och vara tidigt ute för att skjuta på ryska fallskärmsjägare när de singlade ner över Lund och Dalby.

Broselius och hans kamrater hade blivit entusiastiska och genast anslutit sig. De hade tränat i hemlighet och ibland varit ute vid stranden i Lomma och låtsats att de övade sig på flyttfågelskytte. Men det blev inte något krig den gången, inte för Sveriges del. Och inte heller 1981 när den ryska u-båten gick på grund i Blekinges skärgård, annars hade han nog varit beredd att ställa upp.

Själv var han nu för gammal för just detta. Nya krigshot krävde yngre män och nya motståndsåtgärder, men han ansåg sig fortfarande ha en god stridskompetens, god fysik, uthållig. Villig att försvara fosterlandet och därför utan tvekan beredd att riskera livet för att ta död på sina fiender. Kanske bli något liknande de ryska spetsnazsoldaterna som diskret opererade bakom fiendens linjer.

Tanken gjorde honom upplivad. Det var på så sätt han bäst skulle kunna ställa sina förmågor till tjänst i det krig som nu förestod. De skulle komma i det godas tjänst och bli en ursäkt för de handlingar som hans sjukdom tidigare hade tvingat honom till.

Men hur skulle han vid inskrivningen kunna förklara sina meriter för krigstjänst utan att genast bli stoppad i fängelse? Kanske kunde han på plats anmäla sig för specialtjänstgöring av detta slag och då bli välkomnad utan närmare identifiering. Något skjutvapen behövde han inte.

I radion blev det dags för lokalnyheter och plötsligt ryckte han till. Studioreportern i Malmö berättade om strypmördaren och hans senaste men misslyckade försök att angripa en ung kvinna. Nu intervjuades hon om sina upplevelser vid Domkyrkan häromkvällen.

"Det var säkert den eftersökte brottslingen som gömde sig i en djup fönsternisch", berättade hon för intervjuaren. "Han jagar oss kvinnor och hans avsikt är klar. Han väjer inte ens för heliga platser. Guskelov fanns polisen den här gången i närheten och skrämde iväg honom."

Broselius kände genast igen den sträva rösten, det var Lena Högbergs! Genom de gångna femtio åren hörde han åter hur hennes röst trängde fram och avvisade honom "Nä du! Jag dansar inte med fyllon." Det hade uppmärksammats av alla runt omkring och skammen hade sedan dess förföljt honom. Hon måste straffas, det hade länge varit hans mål. Äntligen hade hon nu kommit fram ur mörkret och han kunde nu nå målet.

Han svor över polisen. Den hade oväntat dykt upp innan han fått klart för sig vem hon var, men snart skulle ett nytt tillfälle säkert komma. Han njöt av tanken på att få grepp om hennes hals, att få trycka till. Stunden var nära. Det skulle kännas så skönt efter alla dessa år.

Broselius funderade. Radioreportern hade berättat att hon varit på ett bokcirkelmöte och på väg hem från detta, dessutom att hon var nära vän med Sara Sjöblom, den kända litteraturexperten, som nyligen själv hade blivit angripen av strypmördaren utanför Palaestra men klarat sig utan nämnvärda skador. Polisen famlade i mörker.

Broselius glömde nacksmärtan och hatet mot Lena Högbetrg. Han började skratta för sig själv. Varför var alla så blinda? Varför var det ingen som såg sambandet? Han själv gjorde det i alla fall, även om det ofta rört sig om tillfälligheter. Lund var en liten stad och han hade själv nu fått idéer om hur han skulle kunna gå vidare. Bokklubben var hennes hem och den skulle leda honom fram till målet.

Tidningarna hade berättat om Josefssons bokälskande fru som den där första kvällen hade varit på väg hem från ett bokmöte men för sent för att hinna träffa sin man, innan han fick lida sitt straff. Säkert gällde det samma bokklubb som den Lena Högberg och Sara Sjöblom brukade gå till. Var höll de sina möten? Han måste finna ut adressen, bevaka platsen och sedan knipa åt Lena så att hon tystnade för alltid. Stridsinsatsen mot Ryssland fick vänta. Den dödsdömda hade företräde.

Motorljud hördes från gatan och han smög sig försiktigt fram till fönstret. En polisbil kom sakta körande och han stod på helspänn bakom gardinen. Hade de fått något tips, kanske från Lena? Han hade två val, att stanna kvar och vid behov gömma sig i garderoben, eller fly ut i trädgården. Poliser klampar alltid i trappan när de är ute i arresteringsärenden, kanske är det kängornas konstruktion, och det skulle varna honom. Eller borde han snabbt lämna huset och hitta ett annat gömställe för att där avvakta utvecklingen, kanske sedan kunna återvända till sitt hörnrum uppe på vinden. Polisbilen hade rullat fram mot Lunds Nationshus och stannade nu. Han andades ut. Bara en vanlig utryckning för att stoppa ett slagsmål eller sänka ljudnivån på högtalaren. Knut Broselius återvände till sängen, nöjd med de nya informationer han fått och dessutom lättad över att Lena Högberg i radiointervjun inte gett offentlighet åt "Banditen", det namn som han intensivt hatade, nästan mera än allt annat, bortsett från henne själv. Ett namn som många av hans gamla kamrater säkert skulle känna igen.

24

Karl-Erik Svanbergs samvete hade vaknat. Det här dög inte längre. Hans ovilja att blanda sig i det yttre livet utanför universitetsbiblioteket måste få ett slut. Han borde hjälpa till i mördarjakten. Tankarna på ett besök hos polisen hade mognat fram under ett samtal med hustrun Carolina. Han ville bli bekräftad och få stöd från henne i tankarna på att hans tystnad måste brytas, men det fick han inte. Tvärtom hade hon blivit upprörd över hans plötsliga vilja till öppenhet.

"De där scoutfasonerna från din barndom, de är väl inget att lyfta fram inför allmänheten! Springa och skvallra om saker som säkert inte har någon relevans. Det tycker jag då verkligen inte att du ska göra. Låt polisen sköta sitt och sköt du ditt! Utan inblandning i varandras affärer. Lämnar du ut dina ganska så svaga tips så blir du en offentlig person och polisen kommer att bevaka vårt hus och störa både oss själva och grannarna. Tidningarna kommer att skriva en massa dumheter om oss, vårt mod och vår plikttrohet mot fosterlandet. Som en följd kommer folk att glo på oss när vi rör oss utomhus. Riktigt otrevligt kan det bli så kanske måste vi flytta någon annanstans för att bli mer anonyma igen. Kanske utanför stan. Varför inte Eslöv?"

Han hade invänt och dragit de positiva argumenten. Hon överdrev alltid. Huvudsaken var att göra det rätta, att följa sitt samvete. För övrigt hade han ingenting emot Eslöv. Det var en fin liten stad och där fanns ett alldeles utmärkt kulturhus med ett välförsett bibliotek.

Hon tog till ett nytt argument.

"Du vet att många inte gillar ditt bekväma liv uppe på UB, chef för en egen avdelning men med ett arbete där du kan ta god tid på dig. Om du tar kontakt med polisen så blir du antecknad i deras rullor och kanske föremål för en säkerhetsprövning. Och då skulle de komma underfund med hur mycket känsliga uppgifter du har i handskriftsarkivet. Kanske hemligstämplade. Har du dem verkligen ordentligt inlåsta? Kanske lyfter biblioteksledningen ut dig därifrån och sätter dig att svara på allmänhetens frågor i expeditionen."

Hon märkte att han flackade med blicken och räckte fram en ask med praliner som hon visste att han gillade. Han tog emot erbjudandet.

"Du hittar då alltid på motargument när jag föreslår något. Men kanske har du rätt den här gången. Polisen kommer nog fram till mördaren ändå."

Med en ny chokladbit i munnen skulle Svanberg just lämna köket när den kända hallåmannarösten på radions P1 fick honom att stanna upp. "Viktigt meddelande". Det var en extra nyhetsutsändning och samtidigt började larmsignalerna ljuda över hela Lund. Det var inte måndag så han kontrollerade sin klocka och konstaterade att den inte heller pekade på 15, alltså måste det vara allvar. Även Carolina stannade upp. Från radion hördes den välbekanta rösten läsa upp ett meddelande.

"Detta är extranyheter från Dagens Eko. Finland är i krig. Enligt en utsändning för bara några minuter sedan från den finska radion YLE attackerar i detta nu ryska bombplan och drönare huvudstaden Helsingfors och släpper bomber över centrala delar av staden, bland annat presidentpalatset. Presidenten och hans familj uppges vara i säkerhet. Luftanfall mot andra finska städer skall också pågå men detaljer saknas."

Efter en paus fortsatte radiomannen sin uppläsning.

"UD:s presstalesman har just gjort ett muntligt uttalande om att de ryska anfallen är överraskande och bör innebära att hela Nato nu är i krig med Ryssland, även Sverige. Någon bekräftelse av detta har dock ännu inte kommit från statsministerns kansli .

Enligt en källa i Rosenbad som Ekot varit i kontakt med innebär detta för Sveriges del att vi varken är i fred eller krig med Ryssland. Vad det faktiskt innebär får regeringen bestämma. Lojalitetsförklaringar och fördömanden från många delar av Europa strömmar nu in till den finska regeringen men med undantag av Ungern och Slovakien vilka uppges ha uppmanat det finska försvaret att omedelbart lägga ner vapnen för att undvika ytterligare lidanden för civilbefolkningen och rädda världsfreden.

Den svenska regeringen väntas utlysa allmän mobilisering och undantagstillstånd för all verksamhet som inte är direkt knuten till försvaret. Natoledningen är underrättad om dessa åtgärder. Det svenska försvaret har därmed gått upp i högsta beredskapsklass särskilt vad gäller luftförsvaret men också civilförsvaret. Försvarsledningen avvaktar vilken hjälp som kommer att begäras av den finska regeringen, men är redan nu beredd på omedelbara insatser, förutom i Finland också i Balticum, om regeringen så bestämmer.

Det meddelas nu att statsminister Ulf Kornander är på väg till radiohuset för att kl. 14, om en knapp halvtimme, tala till det svenska folket. Vi återkommer."

Sändningen avslutades med stilla svensk musik.

"O Herre Gud", utbrast Carolina.

"Ja det kan man verkligen säga", blev svaret från hennes man som tillade

"Då kanske jag ska återvända till min arbetsplats, plikttroget utföra mina göromål och avvakta besked om nya arbetsuppgifter."

"Dummer!", svarade Carolina. "Det var inte så jag menade."

Det hade gått en kvart och nu var även TV-kamerorna på plats. Statsministern stod beredd omgiven inte bara av ministrar från den egna regeringen utan också av partiledarna från Socialdemokraterna och Centern. Beskedet till lyssnarna blev det väntade.

"Sverige är nu i krig och vi ska i enlighet med Sveriges förpliktelser solidariskt stödja Finland och de baltiska länderna. Vad gäller de här inte närvarande partierna avvaktar vi deras agerande och lämnar möjligheten öppen också för deras del att förena sig med oss. Enighet ger styrka.

Folk i arbetsför ålder ska stanna kvar på sina arbetsplatser och utföra sina uppgifter medan alla andra ska hålla sig hemma, om så behövs i skyddsrum. Landsvägarna ska hållas tomma för att inte försena de militära transporter som redan påbörjats.

Folksamlingar och nöjestillställningar är tills vidare förbjudna."

Ett kraftigt ökande motorljud från luften följt av nya signaler från alarmhögtalarna fick pressmötet att snabbt avbrytas varpå partiledarna försvann ur bild. Efter en stund återtogs TV-sändningen med ett kort tillkännagivande.

En rysk kränkning av svenskt luftrum har ägt rum nära Stockholm men den har följts av en ursäkt från Moskva. En talesman för den ryska regeringen har meddelat den svenska ambassaden att kommunikations-utrustningen på planet hade råkat i olag och att piloten därför av misstag hade styrt in över svenskt område. Planet var nu, som avsett, på rätt väg mot staden Klaipeda i Litauen. Enligt den ryske talesmannen hade den svenske statsministern missförstått situationen, det rådde alls inte krig mellan de två länderna, men på villkor att Sverige inte fortsatte med sin fientliga politik.

25

De hade alla samlats kring matbordet i våningen vid Gyllenkroks allé. Stämningen var moloken och Carolina försökte förklara varför deras planer hade gått fel, men hon försökte också muntra upp dem. "Vår tanke var i alla fall god. Vi ville förhindra krig, men så blev det ett sånt i alla fall, fast ännu så länge bara i Finland. Vi står säkert på tur. Kanske hade vi kunnat påverka utvecklingen om vi agerat tidigare, men eftersom vi inte hade hunnit bli tillräckligt många i vår kampanj så blev det som det blev. Männen tog besluten och hetsade upp ryssarna. Så enkelt och så tragiskt var det."

Hon fortsatte efter att ha noterat de andras skrämda tystnad.

"Kunde vi ha gjort på ett annat sätt? Jag skulle vilja svara nej på den frågan. Vi har gjort det vi kunde mot bakgrund av vad vi då visste. Vem kunde tro att kriget var så nära? Finnarna har nu guskelov stoppat upp den ryska offensiven och tills vidare har ingen rysk trupp dykt upp vid våra gränser utom den där incidenten med överflygningen av Stockholm. Alla kan vi begå något fel, även ryssarna den här gången. Men kanske är det bara lugnet före stormen.

Regeringen ser ut att tills vidare sitta kvar så nu måste vi skynda oss och genast rensa upp efter oss. Det viktigaste är att släppa ut vår gisslan från stugan uppe vid Vittsjö. De har haft det bra och borde inte ha några klagomål mot oss.

Maria, du har liftat med en av dem och sedan levererat mat och dryck till dem utan att avslöja vem du är. Och du har kunnat avlyssna dem eftersom väggarna i stugan är ganska tunna, inte sant? Vad har de talat om? Har de några misstankar om vem som ligger bakom deras kidnappning?"

"De har olika teorier", svarade Maria. Bilbolagscheferna tror att det är en aktion från Trump för att klämma åt den svenska bilindustrin och försvarsministern tror att det liksom alltid är ryssarna som ligger bakom. De andra tror inget utan ligger och slöar, Försöker hålla värmen och har därför svept in sig i filtar Vi sänker inte temperaturen mera. Den får ligga kvar på 18, som det nu är.

Om de trivs? Jo de har nog trivts rätt bra, det verkar så. De har fått tid att prata affärer och politik med varandra, utan några sekreterare eller rådgivare närvarande. Det har gett resultat. Vi har kunnat lyssna oss till att ett nytt försök till samgående mellan Volvo och Saab nu är aktuellt igen. Men Kina bankar på dörren och de svenska cheferna väntar på ett bättre bud från kineserna om uppköp av båda bolagen, och om vilka poster de själva ska ha i det nya bolagets ledning. Stjärnreportern på Svenskan hörde diskussionen men lovade hålla tyst om detta. I rikets intresse. Och den där sångaren ska sluta sjunga. Han hade ändå tänkt lägga av och vila ut nånstans i Spanien."

"Men försvarsministern, har han sagt något?"

"Nej han har suttit tyst för det mesta, men jag har förstått att han oroar sig för sin framtid. Kanske blir han fråntagen ministerposten för sitt slarv."

"Där ser man, våra goda uppsåt kommer kanske ändå att löna sig på en del håll", svarade Carolina. "Men din roll är slut nu Maria, eftersom du är igenkänd, men inte identifierad. Jag har talat med Eva och hon har lovat att sköta om frigivningen av vår gisslan. Låsa upp och släppa ut. Hon har inte blivit sedd av dem och inte talat med dem medan du däremot har blivit upplockad av Hallborg i hans bil, så han känner säkert igen dig. Därför måste du hållas borta i fortsättningen."

Maria fann sig i sitt öde.

"Och jag som gillade honom så mycket, och gärna ville tro att han gillade mig."

Hon blinkade mot de andra.

"Du missar inte storviltet när det lägger sig framför dig", svarade Carolina. "Men du har begränsningar och får inte mera visas upp."

"Kan Eva klara detta ensam utan att vi blir avslöjade", var det många som undrade.

"Jag tror ni kan vara lugna. Eva får själv berätta hur hon ska göra."

Allas blickar vändes mot den som skulle rädda dem från upptäckt och skam och Eva kände ansvaret för att de alla skulle klara sig från polisens uppmärksamhet.

"Ni litade på mig när det gällde att organisera kidnappningen så nu får ni också lita på mig när det gäller frigivningen. Jag har funderat en del på hur vi alla ska undvika ett avslöjande. Det är inte så svårt bara ens förmåga att förställa sig är den rätta. Jag tror jag har den. Vår gisslan har aldrig sett mig och inte hört rösten, så jag åker upp redan i eftermiddag till stugan utanför Vittsjö, påstår att jag är ägare till huset och hade tänkt tillbringa några dagar där och njuta av naturen.

"Vad gör ni här", ska jag fråga dem och de kommer att svara som det är. Att de är fångar, kidnappade, och nu mycket glada över att bli fria. Men också begära att polisen och familjerna underrättas. Få tillbaka sina bilar. Och så det gamla köret om alla deras vänner som säkert varit oroliga och nu måste underrättas. De kommer säkert med frågor om vad som hänt ute i världen, börssiffror och opinionsmätningar. Och så ryssen förstås.

För att inte göra dem oroliga eller stressade har vi hållit dem svältfödda om vapenskramlet i öster. Dagen är nu inne när de ska få veta att vi är i krig. Nästan. Bolagscheferna och försvarsministern kommer att ringa efter sina tjänstebilar och chaufförer. De andra i gruppen får säkert skjuts med någon av dem."

Sara Sjöblom var orolig.

"Och du tror inte att det blir frågor om oss när polisen ska göra sin utredning? Kidnappning är ändå ett svårt brott även om just vi hade goda skäl för det. Vad tror du att de misstänker oss för?"

Eva var inte orolig

"Ni ska inte vara bekymrade, det där sköter jag. Gisslan kommer att berätta om en oskyldig äldre dam som fått sin sommarstuga ockuperad av okända kidnappare, kanske ryssar vilka efteråt har placerat sina gisslanoffer där i väntan på, ja vad då? Betalning, naturligtvis. Vad skulle skälet annars vara?

Bolagens ledningar är mjuka i sådana här fall så de skulle nog betala ordentligt med lösen om krav av det slaget ställs. Försvarsministern har säkert också tänkt på risken för lösensummor och att priset på honom säkert blir högt, särskilt inför hotet om krig. Då kan kidnapparna begära extra mycket för att vi ska slippa ryssen. Och staten har ingen brist på pengar. Bäst att inte röra i det, tänker nog polisen, som säkert får besked från regeringen att ligga lågt om försvarsministerns obetänksamma promenad hem, utan vakter. Därför tror jag att utredningen genast läggs ner, eller så hålls den på sparlåga.

Det här är en gissningslek förstås men det skulle ändå vara roligt att veta vilket pris bovarna skulle ha satt på försvarsministern om detta vore en riktig kidnappning. De andra är säkert billigare. Hallborg har sin karriär bakom sig så han hade nog inte varit värd lika mycket. Rosenspetz är populär bland läsarna så DN:s ägare är nog inte ovilliga att betala lika mycket som Volvo- och Saabägarna. Men viss förhalning och fortsatt inlåsning någon vecka skulle hålla lösnummerförsäljningen vid gott liv. En bra taktik för att förlänga den här historien. Sedan tillkommer ersättningen till Rosenspetz för hans reportageserie. "Fånge i fiendens bunker".

Evas fantasier möttes av skratt men Carolina blev otålig.

"Nu får du sluta Eva! Vi kan inte sitta längre och fantisera om påhittade situationer. Var sak har sin tid. Nu måste du ge dig iväg upp till Vittsjö! Och kör inte den där sportbilen som Maria använde under transporten av dem till stugan. Du har ju egen bil."

"Jag är väl inte dum heller."

Eva reste sig från bordet och skyndade iväg, följd av allas välgångsönskningar. De övriga blev sittande en stund och diskuterade det värsta scenariot, att de alla skulle ställas inför rätta.

"Det blir nog inte så farligt", ansåg Carolina. "Bara villkorligt. Värre blir det med vandeln. Förlust av medborgerligt förtroende. Vi förlorar nog de förtroendeposter som vi i höstas lyckades kämpa oss till i olika föreningar."

"Då skulle jag slippa kassörsuppdraget i Svenska Postorderförbundet och det ska bli väldigt skönt", sade Gullevi Ståhl. "Jag har aldrig förstått mig på siffror, särskilt inte om det står ett minustecken framför."

"Vi har alla varit dumma och låtit oss dras med och förföras av ryska troll. De kan finnas överallt", sade Thyra, som efter att ha läst en nyutgiven bok i psykologi hade börjat förstå att upplevelsen i Stadsparken förra året hade sin naturliga förklaring.

Ann-Sophie skämdes.

"Troll eller bluff, det kan vara samma sak. Synd att vi inte tidigare märkte hur galet vårt projekt utvecklade sig. Trodde du själv på det här, Carolina"?

"Javisst, det var ju mitt eget förslag, Men min ryska väninna var skicklig, precis som de där telefonförsäljarna som lurar folk på pengar. Vi får väl vid förhören hänvisa till att vi är lika dom offren och hoppas på förståelse när vi ska rannsakas."

Lena Högberg hade varit tyst under diskussionen. Hon hade tidigt anat att Carolinas förslag till kvinnliga fredsinsatser var orealistiska och att hon själv tidigt borde ha lämnat gruppen, men nyfikenheten hade fått henne att sitta kvar. Nu satt hon i smeten tillsammans med de andra, medansvarig för en rad olagligheter. Värst av dem var kidnappningarna. Carolinas optimism var överdriven. Klart att de alla skulle bli avslöjade, gripna och dömda för olika brott. Varför hade hon inte i tid högt protesterat mot vansinnigheterna utan i stället blivit medverkande till landsförräderi?

Lena mådde illa av dessa tankar och tog avsked av de andra. Frisk luft var vad hon behövde. Hon tittade sig omkring, plötsligt medveten om att hon inte borde gå ensam när det var mörkt. Det var tomt på gatorna men för säkerhets skull valde hon att gå mitt i körbanan. Hon hade inte hört något, men plötsligt hörde hon rösten och kände hur ett par armar tryckte ner henne mot marken. Det var Banditens.

"Nu har jag äntligen fått tag i dig Lena. Den här gången säger du väl inte nej till en dans?

Hon försökte skrika men en näsduk trycktes in i hennes mun. Hon kämpade för att komma loss och plötsligt lossnade greppet.

"Hur står det till? Är det du som är Lena Högberg."

Bredvid henne stod en kvinna med en sprayflaska i handen. Det verkade lugnt och hon hörde hur polisen larmades om ett överfall på en kvinna i Stadsparken som just ägt rum. Den skyldige hade flytt söderut.

"Jo det är jag", erkände Lena.

"Då förstår du också motivet till det som höll på att hända."

"Jo jag har redan tidigare varit utsatt för hans uppvaktning."

Innan polisen hann fram berättade Elsa Cronqvist om sig själv och om sitt uppdrag för Sydsvenskan. Några foton hann hon också med att ta innan en polispatrull anlände.

Överfallet ledde till stor uppmärksamhet. Strypmördaren hade åter slagit till men inte lyckats den här gången heller, tack vare en skicklig och förutseende reporter på Sydsvenskan och en snabb polisinsats. Detta satte sina spår i den stora artikel tidningen publicerade nästa dag.

Men strypmördaren hade återigen lyckats fly. För denna miss i hennes jakt fick hon motta kritik från sin chefredaktör.

"Du har skött det här förbannat bra och räddat livet på den stackars Lena Högberg, men uppdraget gällde att få fast Banditen. Löneökningen får vänta ett tag till."

26

Tidigt nästa morgon surrade det i Carolinas mobil. Samtalet kom från väninnan Olga Mironova, som befann sig i Moskva. Några sekunder funderade hon på att inte svara men tryckte sedan på grön knapp. "Hallå Olga! Så roligt att höra från dig! God fortsättning!" "Roligt och god fortsättning, vad menar du?" "Inget särskilt, bara så där i största allmänhet. Vi säger så i Sverige." Olga brummade något ohörbart och tog sedan till storsläggan. "Vad i helvete är det du och dina systrar sysslar med? Har du glömt vår överenskommelse, vår gemensamma strävan att undvika krig, att stoppa vapentransporterna, skicka hem soldaterna, att byta ut den reaktionära fascistregeringen mot en fredsregering. Vi har ju oss emellan diskuterat olika namn. Varför har ingenting skett?" Carolina lyssnade med förvåning och blev plötsligt arg. "Vi har faktiskt inte startat något krig, det har däremot din egen fascistiska Putinregering. Det är hans skuld och nu är det din och alla andra ryssars sak att få bort honom. Eller vill du att vi i Sverige ska ingripa med vapen, på rysk mark? Säg då bara till." "Jag vill se resultat på det vi har överenskommit", svarade Olga, åter mild i rösten. Jag talar om ditt land, inte om mitt. Nu är det dags för massdemonstrationer på gator och torg i era storstäder. Få ut alla fredsvänner från deras passiva tillvaro och ge dom liv! Aktivera dem! Trotsa förbuden och tåga mot myndighetskontoren, besätta dem. Särskilt regeringshögkvarteret i Rosenbad förstås. Beväpna er och bilda en ny regering! Slut fred med oss!"

Det var en klar uppmaning till landsförräderi och Carolina valde att bryta samtalet. Hon sjönk omtumlad ner i en stol och tänkte efter. Vad var det hon hade gett sig in i, varför hade hon gått på det? Ann-Sophie hade haft rätt. Hennes egna goda tankar om större inflytande för kvinnorna i samhället hade förvandlats till en smutsig landsförrädarroll, förskönad med lite skämtsamheter här och där och kryddad med en mördare som gick lös i Lund. Olga var naturligtvis en agent för Putin som lockade till sig naiva svenska turister på besök i S:t Petersburg och gjorde dem till hans ovetande medlöpare. Så lätt det

119

hade varit! Börja med en nål och sluta med en silverskål. Var det för sent eller skulle hon kunna ställa åtminstone något till rätta? Hon kom att tänka på samtalet med sin man. Karl-Erik hade ju uppgifter om mördaren men hon hade hindrat honom från att gå till polisen. Det fick hon sluta upp med.

Och de stackars männen som suttit fångna i en övergiven stuga. De borde nu vara fria och nog inte särskilt upprörda över vad de varit med om ifall Evas uppgifter var riktiga. Tidningarna hade ännu inte fått tag i dem men det var bara en tidsfråga. Hur som helst så måste de få en ursäkt, inte minst från henne själv.

Det var hon, Carolina Svanberg, som hade tänkt ut allt det här, visserligen med hjälp av Olga Mironova, en rysk agent från KGB, eller vad det nu för tiden hette. Men det var ingen ursäkt. Hon var ensam skyldig. De andra hade lockats av hennes status och förmåga att övertyga. Skulle de förlåta henne eller lämna ut henne till menighetens spott och spe och dessutom förmodligen ett åtal.

*

Kommissarie Holst fick ett oväntat besök i Polishuset. Det var Karl-Erik Svanberg, tjänsteman på universitetsbiblioteket som hade tips att lämna i jakten på strypmördaren. Han blev därför omedelbart insläppt. Holst kände inte till Svanberg och denne informerade därför allra först om de arbetsuppgifter en bibliotekarie på UB hade, särskilt om han satt ensam på handskriftsavdelningen och hade ansvar för en massa privata brev och berättelser med hemligstämpel ända fram till givarens död, ja ofta längre än så. Det ställde krav på hans integritet och han hade därför ett ordentligt kassaskåp.

Holst lyssnade intresserat. Därefter blev det dags för Svanbergs egentliga ärende.

"Jaha och vad har du då att berätta?"

"Jo det är jag som har skrivit två anonyma tips till er men jag har lite att tillägga."

Nu kryper det fram, tänkte Anders Holst belåtet.

"Äntligen! Det har vi väntat på."

"Jag är ledsen men jag ville inte besvära i onödan. Nu efter överfallet på Lena Högberg måste jag lägga till att jag vid ett par tillfällen i höstas har sett den där mannen smyga omkring i Lundagård och vid Otto Lindbladstatyn. Han såg ut som en vilsekommen turist, men jag kände

120

igen honom. Det var några dagar efter att Josefsson blev mördad, men också före. Jag känner igen honom från studenttiden men har inte kunnat hitta hans namn, bara öknamnet Banditen som alla använde på honom, ja till och med han själv. Han brukade bli våldsam när han fått sprit i sig och det pratades mycket om honom i studentkåren efter en utflykt med båt till Danmark som Smålands Nation anordnade. 1959 tror jag det var. Kanske ni borde leta i folkbokföringen och se om någon av studenterna från den tiden finns kvar i livet. Det borde det. Se på mig!"

Holst log besvärat. Den tanken hade inte slagit honom tidigare. Svanberg fortsatte sin berättelse.

"Det har som sagt hänt några gånger att jag har sett honom, fast jag är inte säker. I ruskväder som idag klär sig alla extra noga för att skydda sig, också om de är hederliga."

"Kan du identifiera honom ifall vi får tag i honom?"

"Jag tror det. Men hans riktiga namn, det har jag inte. Jag letade i studentkatalogerna från den tiden för att se om minnet skulle vakna. Men så gjorde det inte. Jag kände inte igen något av namnen. Kanske har han bytt namn under resans gång. Fast betyder det så mycket? Huvudsaken är ju att ni får tag i honom."

"Man kan inte åtala folk utan att veta vilka de är. Men du har rätt. Det löser sig när han fått handklovar på sig. Dessförinnan måste vi alla vara mycket försiktiga."

Sandberg höll med.

"Det har du alldeles rätt i."

Holst kom på en fråga som han glömt att ställa.

"Var nånstans bor du förresten?"

"Gyllenkroks allé, nr 15"

"Ahaa, då är du kanske granne med Carolina Svanberg, ledaren för den där bokcirkeln som på flera sätt har drabbats av strypmördaren."

"Jag är hennes man", blev det avmätta svaret.

"Bokcirkeln leds av min fru Carolina och där finns flera med som på olika sätt har råkat ut för strypmördaren, bland annat Ann-Sophie Larsson som höll på att bli strypt i Lundagård och Astrid Karlsdotter som var hustru till Håkan Josefsson som mördades inte långt därifrån. Utan föregående hot. Och så nu senast Lena Högberg som räddades av en kriminalreporter som befann sig i närheten. Har polisen någon teori om det?"

"Ingen teori, men funderingar. Kan du ge mig en lista på klubbens medlemmar? Kanske har ni i er grupp någon gemensam fiende?"

"Inte vad jag vet, men knappast troligt. Den består bara av damer. Min fru handplockade dem i våras när hon skulle starta bokklubben och de är nio stycken. Somliga av dem kände varandra säkert redan tidigare. De hade sitt första möte i maj förra året och det dröjde bara några månader förrän Banditen dök upp och gav sig på flera av dem. Du ser inget samband?"

"Nej inte direkt. I Lund känner nästan alla varandra, så det betyder väl inte så mycket det du säger. Alla känner alla, åtminstone i de kretsarna. Men dina damer bör alla vara försiktiga och det gäller också dig! Du kan säkert uttrycket "Guilt by association."

"Jag tror det", svarade Svanberg och tog avsked.

Utanför polisstationen stod en grupp människor vid busshållplatsen och frös, alla omlindade med tjocka halsdukar och luvor.

Ingen chans att identifiera mördaren i den här skaran, tänkte Svanberg och gav sig bort mot Grand Hotels veranda för att stärka sig med ett glas öl innan promenaden hem blev nödvändig. Nere i järnvägsundergången tog vinden i och han fick söka stöd mot väggen. Han vilade mot den en kort stund och fick se att en ensam figur närmade sig honom bakifrån. Ingen annan syntes till. Svanberg kände faran och spände musklerna när den främmande passerade och stannade till.

"Jaså är det du Svanberg som står här och trycker och utsätter dig för vädergudarnas raseri,"

Nu såg han vem det var, en av bröderna i CC, ett ordenssällskap som han var medlem i. Lättnaden var stor och han föreslog genast sin ordensbroder att följa med till Grand. Han svarade gärna ja. De fick ett fönsterbord och lät varsin belgisk starköl förbättra humöret. Därute tilltog stormen och samtalet kom in på kriminaliteten som säkert ökade vid sådana väderförhållanden.

På Bantorget utanför stod en väl påpälsad figur och iakttog dem. Han gick då och då runt planteringen, försökte finna ro på en bänk men gav efter en halvtimme upp sin väntan och travade hemåt längs Klostergatan.

27

Uppgifter hade läckt ut att de fem gisslantagna hade blivit frigivna men inga detaljer var kända. Sydsvenskans Elsa Cronqvist hade därför också kommit på den goda idén att sökt upp sin vän Anders Holst på polisstationen i Lund. Det var några veckor sedan sist och han började med att gratulera henne till räddningen av Lena Höglund.

"Vi i polisen gjorde själva en slät figur. Naturligtvis borde hon ha haft bevakning, men hon hade inte begärt det. Du var den som förstod vad som behövdes och du agerade."

"Jag hade lite tur som hann fram i tid, men hade jag varit beväpnad med en pistol så hade jag knäppt Banditen och du hade haft lite mindre att bekymra dig över. Nu hade jag bara en pepparspray och även den är förbjuden. Men jag klagar inte. Vi ska inte ha det som i Amerika där många skaffar sig även tunga vapen."

Holst nickade bifall. Så vill vi inte ha det.

Elsa kom till sin fråga.

"Nu undrar jag över de fem i gisslan. Vad hände? Det är väldigt lite som har kommit ut om fritagningen. Ganska dramatisk kan jag tänka mig, eller var det bara pepparspray som användes? Kan du kommentera de här uppgifterna.

Rosenspetz är ju en av de fritagna. Han sitter förstås på DN nu och skriver på sin krönika, men tidningsledningen har väl ändå känt sig tvungen att genast kontakta polisen och göra en anmälan. Och därifrån har väl ni här i Lund också blivit informerade. Kan du inte berätta lite för mig? Förekom det våld vid fritagandet och kanske kroppsskador, eller gick det fredligt till? Var hade de hållits gömda? Och har det betalats ut lösensummor? I så fall undrar man vilken den ryska reaktionen har varit? Förnekar de all inblandning?"

"Det var många frågor Elsa och som vanligt har jag inga svar annat än att personalen på Volvo och Saab har ordnat en gemensam fest för de fritagna cheferna. På hemlig plats och bara med de närmaste medarbetarna, och så fruarna förstås. De vågar alltså inte visa upp sig för allmänheten. Varför? Det måste finnas en hotbild, men jag vet inte vilken den kan vara.

Försvarsministern är också tillbaka och ska i morgon ta emot Natos överbefälhavare. Det sker lite grann i hemlighet och låter därför oroande. Om de andra fångarna har vi inte fått några antydningar och rikspolischefen verkar inte intresserad av hur eftersökningarna har gått till. Munkavle från högsta ledningen förstås. Ryssarna får inte retas upp i det nuvarande känsliga läget. Det märks på tystnaden kring Finland och Grönland. Inte ett pip efter de första dagarnas allmänna upprördhet. Men vreden över behandlingen av Ukraina går förstås inte att hejda."

Holst satt tyst och funderade.

"Vi har fått några nya tips om Banditen. Några grannar i olika delar av stan har hört av sig och anmält sina misstankar om inneboende äldre som de tycker beter sig lite konstigt. De klär sig i gamla kläder, lyssnar på österländsk musik och så läser de tidningar på främmande språk som ingen vet vad de handlar om. Lite för tunt för att gå till hyresnämnden och få dem vräkta men de tycker att med den nya lagstiftningen om utvisning så borde polisen kunna ingripa. Ja du vet allt det där om dålig vandel som nu har kommit upp till debatt. Och så misstanken att de har dubbelt medborgarskap. Hur fan ska jag kunna kontrollera det? Pass måste man ha när man reser utomlands, men intyg om medborgarskap! Något sådant intyg finns inte."

"Det har jag inte tänkt på", svarade Elsa. "Men att misstänksamheten mot främlingar har ökat och lett till polisanmälningar är väl inte så konstigt. Borde du ändå inte ta tag i det där?"

"Det är mycket som man inte har tänkt på", svarade Holst. "Ska jag ut och kolla de där misstänkta och fråga om medborgarskapet så är det meningslöst och uppfattas som trakasserier av de tillfrågade. Och om jag inte gör något så blir polisen beskylld för passivitet."

"Livet är hårt, Anders, särskilt för polisen. Men vi journalister är mycket bättre skyddade mot allmänhetens kritik. Vi håller ihop över blockgränserna och ser till att vi alltid får sista ordet. Yttrandefriheten är den största av allt. Den vågar ingen ge sig på."

Holst skrattade bittert.

"Den har vi i polisen ingen nytta av, tvärtom. Vi måste snabbt kunna visa upp en arrestering, helst av en sexualbrottsling eller en barnplågare. Hinner ni i pressen före så får vi kritik för det fastän det ofta är vi som har gjort förarbetet men tvingas tiga om det. I bästa fall får vi andrum innan det blir dags igen för kritiken om att vi inte lyckats stoppa de kriminella gängens interna uppgörelser.

Bäst är ett nära samarbete mellan polis och åklagare som i fallet Thomas Quick och med tidningar som blåser på. Quick höll allmänhetens intresse vid liv i flera månader, ja i flera år var det väl, först genom att erkänna sig skyldig och sedan efter att ha förnekat det. Till slut blev han förklarad oskyldig i högsta instans."

"Jag börjar förstå vad du menar Anders. Det behövs mer publicitet om strypmördaren, fler iakttagelser, fler teorier om hans motiv. Och som extra bonus ett ökat intresse för polisens arbete och flera sökande till polisskolorna. Är det så du menar? "

Anders Holst skrattade belåtet.

"Precis, men självfallet vill jag inte att någon ska komma till skada. Inte skära, bara rispa, som finnarna brukar säga. Framför allt måste vi få vittnena att berätta för oss allt de vet. Ett sådant vittne dök faktiskt upp häromdagen. Så blås på, Elsa! Tveka inte utan hjälp läsarna att försöka se klart, även om dimman i verkligheten ligger kvar. Ingenting triggar folk så mycket och så långvarigt som inför kriminalgåtor med mystik. Verkligheten kan vara mera spännande än de där TV-dokumentärerna."

Elsa var tveksam inför polisens yviga förslag. En galen mördare kunde nog aktiveras och gå till nytt anfall ifall tidningen publicerade artiklar om hur allmänheten uppfattade honom. Hon ville själv inte utsätta sig för den risken. Den måste polisen ta. Tidningens roll var att beskriva brott, inte lösa dem. Det var polisens uppgift, liksom att sanningsenligt erkänna frånvaron av uppgifter när sådana saknades, även om detta skulle hjälpa de kriminella

De skildes åt med ömsesidigt prisande av varandras arbete i allmänhetens och rättssäkerhetens intresse.

28

Nu hade det ryska anfallet ägt rum. Uppladdningen hade skett under lång tid så alla var förvarnade. Ändå var de flesta i Lund överraskade. Ingen borde kunna uppfatta Sverige som fientligt, hoten hade varit många men behövde inte tas på allvar. Ryssarna var fullt upptagna nere i Ukraina.

En natt skedde det ändå och nu var det inte en svensk militärövning. Varningssignalerna väckte folk och åtföljande explosioner fick dem att snabbt söka sig ner i skyddsrum och källare. Liksom i Finland opererade de ryska bombplanen och drönarna i första hand över huvudstaden men också över många andra samhällen, däribland universitetsstäderna Lund och Uppsala. Men Sverige var berett, inte bara med motanfall. Efter ett dygn kunde rekryteringskontor för nya soldater, inte bara de värnpliktiga, upprättas överallt i Sverige och frivilliga strömmade till.

Lund var inget undantag även om försvarsviljan bland studenterna var lägre än i övriga landet. Man riktade i stället in sig på de yngre pensionärerna och födelsedatum var inte det viktiga vid granskningen, snarare var det vana vid vapen och fysisk uthållighet. Intelligenskraven på de värnpliktiga hade dragits ner liksom redan tidigare skett för en rad andra yrken.

Stolt över att nu få börja ett nytt liv klev Knut Broselius in på rekryteringskontoret vid Stadsbiblioteket. Frimodigt lät han sig underordnas den obligatoriska kroppsbesiktning som utfördes i gruppen "äldre värnpliktiga". Han befanns vara både stark och uthållig, men ordknapp. Tänderna såg förfärliga ut. De andra tittade på honom med respekt.

"Hur gammal är du", frågade den tjänstgörande löjtnanten.

"Är det viktigt?"

"Nej inte den här gången", blev svaret.

"Vi struntar i det. Dig vill vi ha i alla fall. Din kroppsstyrka svarar mot en 30-årings så då är du väl ungefär så gammal. Jag skriver ner det."

Löjtnanten skrattade och Broselius gjorde detsamma, men försökte liksom alltid dölja sina malätna tänder.

"Och så behöver vi namn och adress och närmast närstående, sedan är det klart."

Broselius gjorde som han blivit tillsagd, hittade på ett namn och en adress, Robert Rosén, Villavägen 27 i Kramfors. Det lät gediget och han funderade sedan på vem som var hans närmaste. Det fanns ingen så han hittade på ett annat namn på samma adress.

"Vi kan ta emot dig för tjänstgöring i den svenska Finlandsbrigaden ganska omgående. Avfärd från Sturup redan på lördag kl 20.00. Passar det dig."

"Javisst,"

"Vapen får du när du kommer fram."

Han fick en bussbiljett och ett anställningskontrakt.

Hemma i sin lya lade sig Banditen bekvämt till rätta i sängen. Det var två dagar kvar. Nyhetssändningen 16.45 närmade sig och han satte på radion. Vad hade hänt i Finland? Hur klarade de sig? Höll det på att bli likadant som i Ukraina, i skyttegravar och med drönare som vapen? Han gillade det inte. Krig skulle avgöras snabbt och kraftfullt, hänsyn till de civila måste komma i andra hand.

Nu kom Ekot och han lyssnade noga. Kriget i Finland fördes med halvfart medan bombningar och sabotage mot energiförsörjningen i Sverige var ett nytt inslag i den svenska vardagen. Domkyrkan i Strängnäs var svårt skadad efter en drönarattack i natt av en drönare, ur kurs påstod ryssarna. För övrigt bara några få döda. Hot mot statsminister Kornander.

Och så lokalnyheterna från Skåne. Han lystrade. Ett inslag om en bibliotekarie på universitetsbiblioteket i Lund som sade sig ha sett den efterspanade strypmördaren och påstod att han kunde identifiera denne om han greps och närmare kunde granskas.

Broselius svor en lång ramsa. Han kom ihåg mannen. De tillhörde samma studentgeneration och hade häromveckan kastat en blick på varandra i läsesalen på biblioteket. För några dagar sedan hade de setts ute på Väster och det mötet hade mynnat ut i en lång väntan utanför Grand Hotel utan att den jagade mannen kunnat förstå vad som pågick, kanske hade han ändå hunnit bli lite skrämd.

Han borde tystas men det var bara två dagar kvar innan avresan till Finland och den fick inte missas. Dessutom kände Broselius ingen inre kallelse att skada mannen, bara ytlig olust. Samma sak gällde Lena och den där journalistjäntan. De hade redan fått känna på hur nära det hade varit. Det fick räcka nu. Viktigast var ändå att tiden inte räckte till. Nya upplevelser väntade honom i Finland. Det ena goda tog över det andra.

29

Den svenska bataljonen mottogs i Helsingfors utan några större ceremonier. Krigssituationen tillät inte det. Deras namn prickades av på en lista och där stod hans nytagna namn, Robert Rosén. Han trivdes med det eftersom det var kort men också symboliserade hans nya liv. Det gamla hade han lämnat bakom sig i Lund. De nyanlända svenskarna stuvades in på ett tåg med också finska soldater. Det var natt och tidpunkten hade valts för att skydda mot ryska flyganfall. Allt hade gått bra och efter några timmar fick de stiga av vid gränsstaden Imatra och marscherade några kilometer ut till gränslinjen som försvarades av en bataljon finska soldater. Den stod under en kvinnlig majors ledning. Hon hade precis det utseende som brukade göra Broselius upphetsad. Han kände hur smärtan började leta sig fram mot nacken och hur tankarna på det intensiva vapenbullret norrifrån ersattes av andra. Enligt majoren var det just för tillfället lugnt på deras eget frontavsnitt men ryssarna laddade upp och ett anfall kunde väntas när som helst.

Rosén visades in i ett system av skyttegravar och efter att ha blivit anvisad sin sovalkov och plats för de personliga tillhörigheterna tilldelades han en bevakningsplats i en bunker. Han konstaterade med en ilning i magen att nu hade allvaret börjat. Försiktigt kikade han ut över en älv, på sina håll täckt av ett tunt lager is. I bakgrunden en mörk skogsridå. Det var där ryssarna låg och förberedde sig för ett nytt anfall. Han tänkte efter hur det skulle kännas när han fällde sin första ryss. Helt olikt de gånger han hemma i Sverige hade gett efter för kraven från den egna kroppen.

Det hade blivit tidig morgon och i väntan på ryssarna blev han snart bekant med de andra i kompaniet. Spänningen lättade allteftersom tiden gick och ingenting hände på den ryska sidan. De diskuterade politik och jämförde foton av sina kvinnor hemma i Sverige. Det störde honom. Han hade inget sådant foto att visa upp och fick därför förklara hur ont om tid han haft vid avfärden från hemmet men att ett sådant säkert skulle anlända med posten. Alla trodde honom inte.

I politiken rådde stor enighet i hans grupp. De svenska och finska soldaterna måste hämnas för Poltava och vinterkriget, Putin själv skulle utsättas för avancerat smärtsam tortyr innan han hängdes från en lyktstolpe. Rosén höll med men tänkte längre än så. Först skulle ryssarna besegras och därefter deras land plundras och förödas. Deras kvinnor skulle inte sparas men till att börja med behandlas på vanligt sätt. Han fick allmänt medhåll när han berättade om sina tankar. De var sunda och riktiga. Det var när deras samtal hade hunnit så långt som den första granaten slog ner alldeles i närheten och kommandoorden "I skydd, för Satan" hördes från gruppchefen, en äldre finsk sergeant som hette Risto. Alla kastade sig ner och väntade. En granat brukade inte komma ensam. Eller skulle en massa ryska soldater redan nu välla fram ur skogsbrynet på andra sidan älven som flöt fram nedanför de stora vattenfallen.

Ingenting hände men alla höll tyst. Detonationer från tyngre vapen hördes på avstånd. Solen hade kommit ett stycke över horisonten och spred värme i den fuktiga morgonluften men soldaterna låg kvar och tryckte mot jordvärnet, beredda på de ryska infanteristernas väntade anfall . Bakom dem hade de finska batterierna kommit i gång och besvarade den ryska elden. De fick plötsligt hjälp av en grupp jaktflygplan som oväntat dök upp och sprutade eld över de ryska ställningarna inne i skogen. Sedan blev det tyst och efter en kvart kom från sergeant Risto en contraorder "Rast vila, men håll käften! Ryssen är nära och tror kanske att vi har flytt."

Broselius var exalterad över det han just fått uppleva, det motsvarade vad han länge önskat sig i sitt gamla liv. Han hade alltid drömt om liknande situationer. Kattens väntan vid råtthålet. Hökens blixtsnabba dykning ner mot det nyfödda kidet. De symboliserade den urgamla kampen mellan starka och svaga, inga kompromisser! Men den här gången gällde det också straff och vedergällning. Här gällde den starkares rätt medan förloraren måste besegras och krossas. Denne borde aldrig mera få resa sig upp.

Den första dagen slutade utan vidare krigshandlingar.

Ställningskriget fortsatte, dag efter dag och med svensken Rosén allmänt uppskattad för sin lojalitet och beredvillighet att ställa upp för kamrater som behövde vila. Nya ryska anfall avvärjdes. Vid några tillfällen skickades små grupper av soldater in bakom de ryska linjerna för att skjuta och spränga. Svensken Rosén blev ofta utplockad att leda sin grupp under de här nattliga aktionerna. De avgjorde inte kriget men höll moralen uppe.

En eftermiddag blev det allvarligare. Nya ryska bombanfall följdes av stridsvagnar som bröt sig fram ur skogen och över isen mot den finska försvarslinjen, ryska soldater strömmade fram över fältet. Nu var det allvarligt. Hans vapen var en kulspruta som han lärt sig hantera på egen hand. Utan att känna någon fruktan låg han uppe på värnet, siktade noga och lät kulsvärmarna svepa över ryssarna och meja ner dem. Det kändes som i barndomens tid då morfar lärde honom lieslagning. Han var läraktig och tyckte att kulsprutans effekt påminde om de långa grässtråna som massvis och i långa svepande tag skars av nere vid markytan. De ryska stridsvagnarna riktade in sin eld mot hans bunker och han tvingades söka skydd nere på marken. Kulsprutan var skadad och gick inte längre att använda. Utanför värnet hörde han röster på ryska som ropade till varandra och han gjorde sig beredd med en handgranat i vardera handen.

Nu trängde de ner i skyttegraven och efter några sekunder kastade han den ena granaten mot dem. Den gjorde avsedd verkan och han kröp snabbt in i en sidogång och väntade, nu beredd med den andra granaten i handen.

Men det ryska anfallet hade kommit av sig, De överlevande ryska soldaterna sprang tillbaka mot sina stridsvagnar som vände om och körde tillbaka mot skogen.

Rosén hann med att kasta sin handgranat mot de flyende fienderna och belåtet konstatera att den fått avsedd effekt, men strax efteråt träffade ett skott honom i bröstet och han föll till marken, förlorade snabbt medvetandet.

Några kamrater rusade fram och släpade honom genom de grävda gångarna till en återsamlingsplats. En ambulans stod beredd och kroppen fördes till ett fältsjuhus i närheten, men det var för sent. Vid en läkarundersökning förklarades Robert Rosén död. En krypskytts kula hade träffat honom strax intill hjärtat och åt detta var ingenting att göra. Nu väntade hemforsling av kroppen till Sverige.

Men de insatser som den svenske frivillige hade utfört motiverade en särskild hedersbevisning. Det blev en begravningshögtid inne i Imatras kyrka där Roséns öppna kista stod på lit de parade i koret. På hans vapenjacka var fäst den tapperhetsmedalj som Rosén postumt hade tilldelats av Finlands president.

Bland de sörjande fanns också en grupp svenska journalister som av den finska regeringen inbjudits att på plats följa krigshandlingarna.

Förhoppningen var att dessa skulle visa sig framgångsrika för den finska sidan och leda till positiva tidningskommentarer i Sverige. En stjärnreporter från Sydsvenska Dagbladet ingick i gruppen. Hon hette Elsa Cronqvist och deltog i defileringen runt kistan tillsammans med reportern Johan Rosenspetz från Dagens Nyheter.

Elsa hajade till när hon lät blicken vördnadsfullt glida över den dödes ansikte.

"Såg du vem han liknade", viskade hon när de åter satt sig ner i bänken. "En känd svensk".

"Nej det tänkte jag inte på. Däremot på Kommendörstecknet av den Finska Frihetsorden! Det var inte dåligt det! Inte många svenskar som har fått den hedersbetygelsen, men finnarna vet att uppskatta sina hjältar. Vilken svensk tänker du på?

"Jag vet inte namnet, bara öknamnet. Han kallades i sin ungdom för Banditen men nu i höstas för Strypmördaren när gav sig på folk och försökte mörda dem. En avskyvärd person som härjade i Lund under hösten och vintern. Har du inte läst om honom?"

Rosenspetz förstod genast vad hon menade, men han var sedan länge tillsagd att inte berätta om sina upplevelser som gisslan i en kall skogsstuga nere i Skåne. Inte heller förklara varför han inte kände närmare till de händelser som under den tiden hade inträffat i den yttre världen. Det var ett skämmigt kapitel i tidningens historia hade redaktionschefen tyckt. Om strypmördaren hade Rosenspetz läst en del men ville inte kommentera.

"Nej, det händer så mycket nu för tiden och jag har varit avdelad att följa Trumps aktiviteter fram till den 20 januari då han installerades som president. I det perspektivet kan vi i Stockholm inte rapportera så mycket om era små lokala historier nere i Skåne."

Elsa blev rasande på honom. Denna fixering vid huvudstaden och ointresse för landet i övrigt.

De tystnade när den finlandssvenske prästen vid sidan av ceremonielet yttrade några uppskattande ord om den avlidnes kvaliteter, hans solidaritet med det finska folket, hans hjältemod vid frontlinjen som uppmärksammats av republikens president med en hög orden. Han avslutade med att kondolera den fallne soldaten Roséns släktingar i Sverige vilka tyvärr inte hade kunnat nås av kallelse till denna hjältebegravning. Till slut läste prästen en bön om att i kristen anda offra livet för högre värden.

"Vi bör alla följa i Robert Roséns spår, när den dagen kommer."

"Vilket den kan göra mycket snart om vi inte snabbt ger oss iväg härifrån", viskade Rosenspetz till sin kollega. "Ryssarna lär gilla att ge sina speciella bidrag vid tillställningar av det här slaget".

30

Journalistgruppen kom utan krigiska problem hem till Sverige och Elsa satte sig genast att skriva en engagerad och känslofull artikel om vad hon upplevt av kriget i Finland. Om ryssarnas grymhet, om finnarnas uthållighet och svenskarnas hjältemodiga insatser. Berättelserna om enskilda soldaters uppträdande hade varit många.

Men när hon kom till upplevelsen av igenkänning vid begravningen av den modige Robert Rosén blev det stopp. Vem var han? Det måste hon få med i artikeln. Hon hade ringt upp Pliktverket och fått uppgift om Roséns inskrivning bland de Finlandsfrivilliga. Den hade ägt rum den 17 februari och han hade då angett adress till närmaste anhörig som Villavägen 27 i Kramfors. Men där fanns ingen Rosén. Och åldern var angiven till 35. Det stämde inte alls med Banditen.

Kanske felskrivning eller suddig siffra, tänkte Elsa. Bäst att kolla folkbokföringen för hela Kramfors. Där blev det några träffar med koppling till en ishockeyspelare, men denne var alldeles för ung. Ingen skugga över honom.

Hon vände sig då till sin nyfunne vän kommissarie Anders Holst i Lund och lade fram problemet för honom.

"De uppgifter Rosén lämnade Pliktverket var oriktiga. Jag har undersökt men den uppgivna adressen stämmer inte. Det finns för övrigt massvis med folk i Sverige som har det namnet. Kan du inte hjälpa mig? Som polis har du bättre möjligheter än jag att forska i register av olika slag, inte bara straffregistret. Nånstans måste han ju finnas. Men i straffregistret finns han inte, det har du redan berättat för mig. Inte heller i Transportstyrelsens listor. Kanske har han bytt namn och i så fall borde folkbokföringen kunna vara till hjälp. Jag har ringt upp dem men de var inte till någon hjälp. Jag vill inte att Rosén ska visa sig vara en bedragare. Eftermälet till vår döde hjälte i Finland ska inte fläckas av tidigare brottslighet, men sanningen måste ju komma fram. Jag hoppas den friar honom."

"Vet du när den där Rosén lämnade Sverige för att kämpa i Finland."

"Ja, det lär ha ägt rum ett par dagar efter inskrivningen i Lund den 20 februari då han blev han registrerad som infanterisoldat vid den svenska bataljonen och den 14 april stupade han."

Holst tänkte efter och bläddrade i sin almanacka.

"Den sista gången som Broselius dök upp här i Lund var den 18 februari och fyra dagar senare, lördagen den 22 februari, stiger en okänd man som heter Rosén ombord på tåget i Lund för att åka till Finland och bli krigshjälte. Kan det vara samme person?"

"Jag vill gärna utesluta den möjligheten och det är därför jag ber om din hjälp."

"Jag ska undersöka det här, och jag ringer dig när det finns något att berätta."

Det dröjde till nästa morgon

"Nu ska du få höra! I Finland är de förnuftiga, mera än i Sverige. Och de är också sedan länge mera förberedda på krig än vad vi är. I krig dör folk, ibland i mängder och mycket våldsamt. Det kan vara svårt att identifiera kropparna och därför tar man rutinmässigt DNA på alla militärer, en ren rutinåtgärd. Ingen klagar över identitetskränkning eftersom alla förstår motivet. Vid registreringen av svenskarna i den svenska bataljonen togs därför DNA-prov också på dem och proverna ska bevaras inför framtiden.

Jag har fått besked från Helsingfors om DNA-koden för Robert Rosén, Den har nu jämförts med DNA i svenska brottsregister. Den överensstämmer helt med en psykopatisk mördare som satt inspärrad en tid på Beckomberga.

"Spännande", svarade Elsa. "Säg inte att det är Robert Rosén!"

"Nej, det pekar mot en man som heter Axel Eriksson, farlig för allmänheten och därför inspärrad, har flytt flera gånger och senast för ett år sedan. Han har därefter inte påträffats eller på annat sätt hört av sig.

"Vad skönt", svarade Elsa. "Men du ser inte nöjd ut. Är det en hake någonstans? Det påminner ju faktiskt mycket om vår strypmördare.

"Ja, och det finns en hake. De intagna hade större friheter då än nu och med hjälp av en kurator fick Eriksson under Beckombergatiden byta namn från Eriksson till Broselius. Det ändrades i folkbokföringen, men inte i fängelsets register. Därav följde en rad missförstånd."

"Herre Gud, jag anade det", svarade Elsa. "Det sägs att han hade förfärliga tänder. Det brukar vara tecken på grov kriminalitet.

"Kanske också en signal till kriminalvården att de intagna måste få bättre tillgång till tandvård."

"Det har du nog rätt i. Men vad tänker du göra med den nya kunskapen om krigshjältens bakgrund? Vad säger reglementet?"

De resonerade en stund kring detta men stannade för att kunskapen skulle stanna dem emellan. Ingen offentlighet. Broselius hade visserligen inga kända släktingar men ett offentliggörande skulle skapa upprörda känslor på många håll, även på regeringsnivå i Finland, över att svenskarna inte hade bättre koll på sina soldater. Hur skulle detta hanteras? Och med publicitet och hånskratt runt hela världen!

"Det får bli som vi brukar säga uppe i Småland, En har la vett o tia."

"Det är inte precis vårt valspråk inom tidningsvärlden", invände Elsa, "men det finns undantag."